무직전생

이세계에 갔으면
최선을 다한다

25

글 리후진 나 마고노테
일러스트 시로타카

마르타

알렉산더

도가

산도르

자노바

갈

루데우스

루이젤드

에리스

인물소개

여기가 분기점.
여기서 전력을 쥐어짜서 실력을 다 보일 수 있느냐.

"…나는 용신의 부하 '진흙탕' 루데우스 그레이랫."

"내 이름은 '북신'
알렉산더 칼맨 라이백!"

무직전생

이세계에 갔으면
최선을 다한다

25

글 리후진 나 마고노테   일러스트 시로타카

MUSHOKU TENSEI ~ISEKAI ITTARA HONKIDASU~ Vol.25

ⓒRifujin na Magonote 2021
First published in Japan in 2021 by KADOKAWA CORPORATION, Tokyo.
Korean translation rights arranged with KADOKAWA CORPORATION, Tokyo.

CONTENTS

7할이 최요로 살건 인생은 안정틴다.

When challenging to exceed one hundred percent, it can grow.

글 . 무네우스 그레이랫

옮김 : 진 RF 매곳

제25장

청년기

결전편 하

제1화 　 이변을 깨닫는 자

　제2도시 이렐.

　비헤이릴 왕국에서 두 번째로 큰 도시의 구석에 있는 작은 술집.

　그곳에서 산도르 폰 그란돌은 한 소년과 술을 마시고 있었다.

　"…원숭이 얼굴 마족은 제2도시 이렐에서 수도 비헤이릴로 떠난 이후로 소식을 감추었다고?"

　"그래, 꽤나 특징적인 얼굴이었다고 하니까, 틀림없을 거야."

　"그 후로는?"

　"글쎄…. 착각하진 마. 그 이상은 정말로 알 수 없었어. 여기서부터는 추측이지만, 너희가 쫓아온 걸 눈치채고 타이밍 좋게 모습을 감춘 거겠지."

　산도르의 눈앞에 있는 정보상은 어린 소년이었다.

　하지만 이 소년은 누구보다 이 나라의 소문에 밝았다.

　겉모습과 달리 어리지 않다든가, 어쩌면 정보상 본인이 아니라 부하 중 하나겠지.

　"참, 아저씨, 여기서부터는 추가 요금을 내야 하지만 재미있는 소문이 있는데?"

소년이 가볍게 꺼낸 말에 산도르는 품에서 은화 한 닢을 꺼내 그의 앞에 내려놓았다.

소년은 은화를 슬쩍 받아서 재빨리 품에 넣었다.

"숲의 악마 이야기, 들었어?"

"숲의 악마?"

"그래, 그 숲의 악마. 스펠드족이었대. 최근 이 나라에 온 모험가가 그 분노를 사는 바람에 마을 하나가 몰살당했대."

"호오, 그거 꽤나 위험한 종족이 정착했군."

"주마가 나라에서 토벌대가 보낸 거래. 하기만 쇼이 아니는 투명한 야수를 사역하여 공격한다니까 얼마나 피해가 나올지…."

그 후로 소년이 말해준 내용은 꽤나 살이 붙은 소문이었다.

확증은 없지만, 누군가가 의도적으로 퍼뜨린 거겠지.

그게 누구냐 하면 당연히 기스겠지만.

"그래서 지금은 토벌대를 모집하고 있고, 너희가 찾는 원숭이 얼굴 마족도 그곳을 은신처로 삼고 있을지도 몰라."

"그렇군. 참고가 되었다. 고마워."

산도르는 정보상에게 추가로 동전을 건네고 술집을 나섰다.

시간은 이미 밤이었다.

변두리의 술집 부근은 조용했지만, 어딘가에서 떠들썩한 소리가 들려왔다.

"얼른 이 정보를 루데우스 님에게 전하고 싶지만… 늦는군요."

중얼거린 말은 밤의 허공으로 사라졌다.

오늘 중에 루데우스가 두 병사를 데리고 돌아올 예정이었다.

제2도시 이렐에서 산도르와 합류하고 그대로 수도 비헤이릴로 가서 교섭을 한다.

그런데 루데우스는 해가 져도 아직 돌아오지 않았다.

하지만 산도르는 별로 걱정되진 않았다.

루데우스니까 두 병사에게 과도할 정도로 스펠드족을 어필하다가 늦어진 거라고 생각했다.

"일단 용신님에게 연락해 볼까요."

산도르는 일단 정보를 공유하기 위해 자신의 방으로 돌아가기로 했다.

방에는 통신석판이 있다. 이걸로 다른 이들에게 연락하면, 이 소문이 퍼지기 시작한 원인이나 루데우스가 늦는 이유를 알 수 있을지도 모른다.

'으음, 세상이 참 편리해졌다고 할까, 이것이 용신의 힘일까요.'

그렇게 생각하면서 설치된 통신석판을 보았다.

"어라?"

지난번에 루데우스가 썼을 때는 항상 푸른빛을 띠고 있었다.

하지만 지금 그것은 마치 평범한 돌덩어리처럼 보였다.

"…망가졌나요?"

산도르가 생각 없이 통신석판을 툭툭 두들기자, 두들긴 자리가 후두둑 하고 무너졌다.

"이런…!"

순간적으로 망가뜨렸다!고 생각했지만, 자신이 돌아왔을 때는 이미 빛을 잃고 있었으니까 애초부터 약해진 것이었다고 생각하기로 했다.

"하지만 큰일이군…."

산도르는 마도구 취급에 자신이 있었다. 지금까지 살아오면서 꽤 많은 마도구를 다뤘다는 자부심이 있었다. 하지만 동시에 꽤 많은 마도구를 망가뜨리기도 했다.

그리고 산도르는 마도구 수리에 자신이 없었다.

"으음."

고치지 않으면 정보를 확인할 수도 없다.

산도르는 몇 초 동안 고민하다가.

"일단 돌아갈까."

그렇게 결단했다.

다른 사람이라면 모를까, 자신이 이럴 때 단독으로 돌아다녀도 좋은 일이 없다는 건 알고 있었다.

그는 그 길로 전이마법진을 설치한 곳으로 향했다.

하지만,

"……."

시내의 주택 지하에 설치되었던 전이마법진은 이미 빛을 잃고 있었다.

이것을 보고 산도르는 경계 레벨을 끌어올렸다.

연락용 마도구가 망가지고, 이동용 마법진을 사용할 수 없게 되었다.

역전의 산도르는 자신이 함정에 빠졌음을 깨달았다.

그리고 지금 상황은 말 그대로 독 안에 든 쥐. 지하실은 좁고, 도망칠 곳은 없다.

습격에 안성맞춤인 장소란 말이다.

지금까지의 경험을 보면 위층을 폭파해서 생매장할 텐데… 아니, 그럴 거면 더 일찍 폭파했을 것이다.

그렇다면 자기 손으로 확실히 마무리 짓고 싶다는 소리겠지.

"이제 나오시겠어요?"

산도르는 지하실의 입구를 향해 말했다.

좁고 어두운 곳, 산도르가 다급히 나가려는 순간, 출구에서 기다리던 자가 썩뚝 베는 것이 적의 작전이겠지.

산도르는 그런 습격에는 익숙했다.

"숨어 있는 건 알고 있습니다."

괜히 멋지게 말해보았다. 무기인 봉을 출구 쪽으로 뻗었다.

기척은 전혀 없었지만, 자신을 처치하러 온 자니까 그 정도야 당연할 거라 생각했다.

"……."

반응은 없음.

이미 들켰는데도 참 어리석은 녀석이다.

"훗."

산도르는 코웃음을 치고 산책이라도 나가듯이 가벼운 발걸음으로 걷기 시작했다.

하지만 아는 사람이 보면 그 걸음에 소름이 돋겠지. 너무나도 빈틈이 없어서.

그리고 산도르는 지하실에서 나왔다. 언제 습격이 있어도 괜찮도록, 습격이 오는 순간을 읽으려고 주위를 신경 쓰면서.

그리고 그대로 주택 밖으로 나왔다.

수많은 전사들이 기다리고 있었다…라는 일은 물론 없이 썰렁한 분위기였다.

봉을 들고 나온 산도르를 보고 길 가던 사람들이 의아한 시선을 던졌다.

산도르는 그대로 길을 걷기 시작했다.

두 손으로 봉을 든 채 명백히 수상한 움직임으로. 시민들은 무슨 일인가 싶어서 술렁거렸지만, 산도르는 개의치 않았다.

그리고 도시의 출구를 통해 밖으로 나갔다.

문을 지키는 위병은 심상찮은 그의 움직임에 뭐라고 말을 붙일 수도 없었다.

혹시나 도시 밖에서 들어오려는 거라면 자기 직무에 충실하게 산도르를 저지하려고 했을지도 모르지만, 나가는 이를 붙잡는 일은 없었다.

산도르는 무사히 도시 밖으로 나갈 수 있었다.

그래도 긴장을 풀지 않았다.

도시 성벽이 보이지 않을 때까지 걸어서 전망 좋고 아무것도 없는 평원까지 도달해서야 간신히 산도르는 자세를 풀었다.

즉시 달렸다.

목적지는 스펠드족 마을.

틀림없이 이변은 있었다. 그 이변이 자신을 공격하려는 게 아니라면, 다른 누군가에게 무슨 일이 일어났다는 예측을 하고.

"…있을 거라고 생각했는데."

다만 그 얼굴은 지하실에서 자신이 한 말을 떠올리고 다소 붉어져 있었다.

산도르는 스펠드족 마을로 돌아왔다.

도중에 도시나 마을에 들르지 않았다. 전이마법진을 설치한 장소에서는 습격을 받지 않았지만, 그 이외의 장소에 있을지 모르는 매복을 경계한 것이다.

그 덕분인지, 혹은 처음부터 그런 매복 따윈 없었던 건지는 모르지만, 산도르는 문제없이 목적지에 도달했다.

숲을 빠져나가 계곡에 접어들었다.

소름끼치는 깊이의 계곡을 건너려는 때, 산도르는 위화감을 깨달았다.

"다리가 없어…?"

루데우스가 만들었던 돌다리의 중간 부분이 무너져 있었다.

돌다리는 꽤나 튼튼하게 보였지만, 그래도 마술로 만든 즉석 돌다리다. 산도르는 마술에 밝지 않지만, 이렇게 즉석으로 만든 다리가 무너지기 쉽다는 건 대충 알고 있었다.

그러니까 다리가 무너진 것 자체는 그리 이상하지 않다.

신경 쓰이는 것은 무너진 다리와 나란히 있는, 원래부터 있던 다리 밑. 거기에 어떤 것이 떨어져 있었다.

칼집이었다

기억이 정확하다면 비헤이릴 왕국의 정규군이 가지고 다니는 것이다.

"…왜 이런 곳에?"

산도르는 거기서 한층 경계심을 끌어올렸다.

위화감이란 것은 기본적으로 그냥 기분이 묘한 것과 다르다는 사실을 알고 있었다. 뭐, 너무 깊이 읽다가 빗나가는 경우도 있지만, 아무튼 알고 있었다.

다리 주위에 아무도 없는 것을 확인하면서 천천히 다리를 건너기 시작했다.

다리를 건너는 도중에 낯익은 것을 발견했다.

드문드문 떨어진 검은 얼룩. 혈흔이다. 누구의 것인지는 모르지만, 색깔로 보면 인간의 것일 가능성이 크게 느껴졌다.

아무래도 무너진 돌다리 쪽에서 튄 것인 듯했다.

다리가 무너지고, 원래 있던 다리 밑에 칼집이 떨어져 있다. 그것을 종합해서 생각하면,

"루데우스 님과 병사들이 다리에서 습격을 받았다는 소린가?"

그렇게 추측했을 때 산도르는 달리기 시작했다.

즉시 다리를 건너서 건너편에 도착했다.

다리 중앙에서 포위될까 두려웠으나, 다리 건너편에 도달해도 습격은 없었다.

산도르는 다리 옆에서 몇 초 동안 봉을 들고 주위를 경계했지만, 아무것도 없는 것을 알자 또 달리기 시작했다.

이곳에서 무슨 일이 일어난 건 틀림없지만, 아무래도 정보가 부족하다.

그렇게 생각하며 서둘러 스펠드족 마을로 갔다.

스펠드족 마을에 도착한 산도르는 일단 정찰을 했다.

멀찍이서 스펠드족 마을을 살펴보고 마을 안이 누군가에게 점령되지 않았는가를 확인.

…그러던 도중에 안에서 나온 스펠드족 전사를 보고 마을 내부가 안전하다는 것을 확인하고 마을로 귀환했다.

"루이젤드 님!"

그렇게 산도르가 향한 곳은 아직 몸이 회복되지 않았지만 그가 제일 신뢰할 수 있는 전사의 곁이었다.

"무슨 일이지?"

루이젤드는 루데우스의 여동생인 노른과 함께 식사를 하고 있었지만, 산도르가 달려오자 즉시 일어서서 그렇게 물었다.

역전의 영웅이 보이는 빠른 반응속도에 산도르는 가슴을 두근거리면서 물었다.

"루데우스 님은?"

"어제 병사들을 데리고 마을에서 나갔다."

그 말에 산도르는 딱 떠오르는 게 있었다.

"제2도시나 기룡 계곡이 마을, 혹은 다리에서 누군가의 습격을 받아서 행방불명입니다! 수색대를!"

"알겠다!"

루이젤드는 창을 한손에 들고 집에서 뛰쳐나갔다.

"어…? 어…?"

노른의 놀라움, 그리고 상황을 따라가지 못해서 나온 당혹스러운 목소리를 들은 산도르는 부드럽게 미소 지었다.

"안심하시길, 노른 님. 오라버님은 저 용신의 오른팔, 그리고 쉽게 당하지는 않을 겁니다. 분명 습격을 받고도 살아남아 어딘가에 숨어 있겠죠. 반드시 구하겠습니다!"

"어어, 예."

곤혹스러워하는 노른에게 그렇게 말한 뒤 산도르는 마을회관으로 발을 옮겼다.

그러자 이미 루이젤드가 다섯 명의 전사를 모아놓았다.

"준비됐다."

"가죠."

전사들 또한 노른과 마찬가지로 곤혹스러움을 숨기지 못하는 기색이었다.

하지만 역시나 전사라고 해야겠지. 불평 한마디 없이 두 사람을 따라왔다.

숲속을 달렸다.

도중에 인비지블 울프 몇 마리와 조우했지만, 스펠드족 전사들은 전혀 고생하지 않고, 길가의 잔가지라도 치듯이 그것들을 쫓아버리고 전진했다.

그리고 순식간에 계곡에 도달했다.

루데우스가 만든, 별다를 것도 없는 돌다리.

그것을 보았을 때 루이젤드는 눈썹을 찌푸렸다.

"싸운 흔적이 있군. 다리도 무너졌다."

한 번 보고 알다니 역시나 역전의 용사다 싶어서 산도르가 가슴을 두근거리고 있자, 루이젤드는 눈을 크게 뜨더니 다리 중간으로 달려갔다.

그곳에 있던 것은 작은 혈흔. 도중에 산도르가 발견한 것과 같은 것이었다.

"루데우스의 것이다."

"그렇다면 역시 여기서 습격이?"

루이젤드는 그 질문에 대답하지 않고, 다리의 더 안쪽, 지룡 계곡의 마을로 이어지는 다리 건너편으로 향했다.

그리고 다리가 끝나는 지점에서 무릎을 꿇고 웅크려서 지면을 들여다보았다.

"루데우스의 발자국이 없군."

산도르는 그 말을 듣고 자연스럽게 계곡 밑을 보았다.

다리를 건너는 도중에 습격을 받았고, 끝나는 지점에는 루데우스를 제외한 두 사람의 발자국밖에 없다.

그렇다면…,

"살해당해서 떨어진 걸까요."

"……."

루이젤드의 험악한 얼굴에 그럴 가능성이 크다는 것을 눈치챘다.

"……."

가령 죽지 않았다고 해도 이 밑에는 지룡(어스 드래곤)이 살고 있다. 아무리 루데우스가 강력한 마술사라고 해도 혼자서 여기를 올라오기란 불가능에 가깝겠지.

어떻게 해야 할지 산도르가 고민하고 있을 때, 루이젤드가 절벽 가장자리에 웅크리더니 밑으로 내려가기 시작했다.

"뭐 하시려는 겁니까?"

"뻔하지 않나."

"…마음은 알겠습니다만, 지금 이 숫자로 계곡을 내려가도 다시 올라올 수는 없습니다."

아무리 역전의 영웅이라고 해도 이 밑은 지룡의 소굴. 내려 갔다간 조난은 확실. 헛되이 목숨을 잃겠지.

"그럼, 어쩔 셈이냐!"

"……."

루이젤드의 호통에 산도르는 머리를 굴렸다. 분명히 고민스러운 상황이다.

애초에 루데우스가 이 계곡에 떨어졌는지도 확실하지 않다.

두 사람이 들쳐 업고 지룡 계곡의 마을 쪽으로 갔을 가능성도 완전히 무시할 수는 없다.

가능성이 적긴 하지만.

"…아."

그때 산도르는 어떤 사실을 떠올렸다.

이렇게 되지 않도록 보험을 들어두었을 거라고.

"이 다리까지 오는 동안 발자국은 몇 개 있었습니까?"

그 말에 루이젤드는 '왜 그런 질문을?'이라는 분노가 담긴 시선을 보내면서 대답했다.

"넷이다."

그 말을 듣고 산도르는 주위를 둘러보았다.

아무것도 없는 숲속 풍경.

나무들이 쓰러진 것도, 대지가 파인 것도 아닌, 평온한 숲의 풍경.

그걸 확인한 뒤에 달렸다. 그가 향한 곳은 다리 건너편. 마을 쪽에 있는 다리 끝부분.

산도르는 그곳에서 지면을 주시하고 어느 발자국을 찾아냈다.

일반적인 남성보다도 큰, 하지만 인간의 것에서 결코 벗어나지 않는, 특징 있는 발자국.

그것을 발견했을 때, 산도르는 루이젤드를 돌아보았다.

"다시 한번 확인하겠습니다만, 핏자국은 루데우스 님의 것뿐이었죠?"

"그래."

"그럼, 괜찮을 겁니다."

산도르는 그렇게 결론을 내렸다.

"뭐?"

"일단 루데우스 님 문제는 내버려둡시다. 아마도 얼마 뒤에 적이 올 테니."

산도르가 그 말을 한 순간, 루이젤드는 그의 멱살을 잡았다.

"루데우스를 죽게 내버려두자는 거냐?"

"아뇨."

산도르는 태연히 대답했다.

"내가 보증하겠습니다. 루데우스 님은 반드시 돌아온다고."

확신으로 가득한 그 말은 묘하게 설득력이 넘쳐서, 루이젤드는 곤혹스러운 상태로, 하지만 천천히 손을 놓았다.

제2화 지룡 계곡의 밑바닥

눈을 뜨자, 하얀 장소에 있었다.

내 몸은 전생하기 전으로 바뀌었고, 그걸 깨닫는 동시에 무력감이 닥쳐왔다. 오랜만에 맛보는 감각이다. 그리고 이 감각과 함께 패배감도 솟구쳤다.

나는 진 것이다.

루이젤드라는 떡밥에 낚이고 비타를 쓰러뜨리면서 방심한 나머지, 비헤이릴 왕국과 교섭했다가 기스에게 내 위치를 들키고, 결과적으로 전대 검신과 북신을 내 곁으로 불러들였다.

결국 혼자가 되고 포위되어 이 꼴이다.

돌이켜봐도 한숨이 나온다.

"......."

기스는 잘 알고 있었군.

팔을 밑동부터 잘라 버리면 마술을 쓸 수 없다는 걸 나조차도 몰랐다.

장소 선정도 좋았다.

분명히 다리 위면 1식은 불러낼 수 없다. 미리 그런 지형을 골라서 싸움을 시작하도록 정해두었겠지. 지금은 마법진을 펼치지 않아도 어떻게 되는 시스템을 록시가 만들어 주었지만,

기스는 그걸 모르고….

2식 개량형이라면 그 두 사람과 싸워도 지지 않겠고.

물론 그 두 사람도 다리가 2식 개량형의 움직임을 견딜 수 없다고는 생각하지 않은 모양이지만.

하지만 그렇게 생각해보면 아래쪽으로 도망치면 되는 거였군….

"……."

결국 기스는 어디에 있지?

비헤이릴 왕국의 국왕으로 변신했나?

목소리가 달랐지만… 기스라면 목소리 흉내 정도는 낼 수 있을 것이다.

뭣하면 인신의 조력으로 어떻게든 되겠고.

"……."

잠깐만. 수상한 걸로 치면 산도르도 수상하다. 목소리도 얼굴도 체격도 기스와 전혀 다르지만, 마도구나 마력부여품이 있으면 바꿀 수 있을 가능성도 있겠고.

처음부터 아슬라 왕국에 잠입해서 황금기사단장이란 녀석을 구속한 걸까. 정보를 모으는 모습이 꽤나 익숙해 보였으니 가능성은 크군.

"……."

그렇긴 해도 최근 이런 일이 잦군.

꿈을 이용한 정신 공격. 명왕 비타도 그랬다.

아, 혹시 너도 슬라임 같은 모습일까?

그 모자이크 같은 모습은 딱히 모습을 숨기는 게 아니라 애초부터 이런 모습일까?

"……."

어이.

슬슬 뭐라고 말 좀 해봐.

혼자서 떠드니 바보 같잖아. 나는 졌으니까, 너는 웃으면서 어떻게 이긴 건지 말해보라고.

네 역할은 그거잖아. 어깨를 툭툭 두들기고, 수고했어, 애쓰긴 했지만 내 승리야, 아쉽게 됐네, 듀후후후, 라고 말해 보지?

얼른 튀어나와. 마지막으로 한 대 패주마.

"…죽어 버려."

그러니까 이미 죽었잖아.

아니, 왜 그래, 인신?

오늘은 왠지 모자이크에 힘이 없다? 왠지 힘 빠진 느낌?

"네가 움직일 때마다 내 미래가 변해."

그야 그걸 위해 움직이고 있으니까.

"나는 내 미래가 항상 보여. 머나먼 미래의 내가 보인다고."

그래, 알고 있어.

미래시잖아. 분명히 세 명까지… 응? 세 명째는 자기 미래를 보는 걸까?

"세 명? 원래는 더 볼 수 있어. 하지만 내 미래에서는 눈을 뗄 수 없어. 그러니까 세 명이지."

…자기 미래를 보는 것에 대부분의 힘을 쓰고 있나?

"내 미래는 어두컴컴해. 어느 순간부터 어두워졌어."

앞날이 어두컴컴하냐.

"처음에는 올스테드뿐이었어. 하지만 올스테드는 별거 아냐. 내 적수가 못 돼. 그런 생각 짧은 바보에게는 절대로 안 져."

바보라….

뭐, 올스테드도 좀 얼빠진 구석이 있지. 지난번에도 스펜드 족 문제를 입 다물고 있었고…. 나도 남 말 할 처지는 아니지만.

"하지만 어느 순간부터 올스테드의 옆에 한 남자가 있었어. 내가 모르는 남자야. 전혀 달라. 아마도 이 세계의 인간이 아냐. 그때는 조금 어두워졌을 뿐이었어."

아.

혹시 그게 나나호시의 남친 아닐까?

이름은… 잊어버렸지만.

"하지만 바로 다른 녀석이 붙어났어. 여자야. 그 후로 내 미래는 어둡고 조용해졌어."

"네가 움직일 때마다 올스테드의 주위에 동료가 늘어나."

"그때마다 내 미래는 어두워져."

"이미 어두컴컴해."

그럼, 내가 한 짓은 헛된 일이 아니었다는 소린가?

"아니, 전부 헛된 일이야. 헛된 일로 만들어 주지."

꽤나 날 미워하는군.

하지만 이미 죽었으니까, 더 이상은 뭘 할 수도 없어.

"네가 죽으면 아직 기회는 있어. 결국은 혼자서 만든 미래야. 강한 운명을 가진 인간을 죽이면 뒤집을 수 있어. 지금까지 나는 계속 그렇게 해왔어."

아예 목숨 구걸이라도 해볼까…?

엎드려서 가족의 목숨만큼은 살려주십쇼, 라고 말하기.

뭐, 이미 무리겠지만.

"죽어."

"죽어, 죽어."

죽어죽어를 연호하다니 무슨 초딩이냐.

"죽어, 루데우스."

내 말 좀 들으라고.

눈을 떴다.

기분은 최악이었다.

대놓고 죽으란 소리를 계속 듣는 건 역시 기분이 안 좋군.

하지만 '죽어' 소리는 해도 '죽여주마' 소리는 않는다는 걸 보면, 남을 이용해야 하는 인신의 특성을 알 수 있다고 할까, 뭐라고 할까.

어디까지나 자기는 손을 쓰지 않는다. 위에서 지시를 내릴 뿐. 싫은 녀석이다.

그렇긴 해도.

"살아 있나."

분명히 죽었다고 생각했다.

마도갑옷 '2식 개량형'은 높은 강도를 가졌지만, 나는 맨몸이고 기절해 있었다.

게다가 그 정도의 높이였으니까, 내 몸이 낙하의 충격을 견딜 수는 없을 것이다.

하지만 이렇게 눈 뜬 이상 견딜 수 있었던 거겠지.

뭔가가 쿠션이 되었나?

나무들이 있었던 것 같진 않은데….

아무튼 튼튼하게 낳아 주신 파울로 씨, 제니스 씨, 감사합니다.

"…으음."

몸을 일으켰다.

주위는 어둑어둑했다. 동굴일까.

위화감이 있었다. 지금 몸을 일으킬 때 뭘 썼지?

복근에 힘을 넣고, 팔꿈치를 땅에 대고….

"어라? 팔이 있네."

갈 파리온에게 양쪽 다 베인 팔이 왜인지 붙어 있었다.

나한테는 자기수복기능이 없을 텐데… 그렇게 생각하다가 가만히 손을 보았다.

"와오! 뭐야, 이거….."

내 손은 시꺼멨다.

흑요석 같은 칠흑의 팔이다. 하지만 신경이 통해 있는지 자유자재로 움직였다.

시선을 위쪽으로 올려보자, 검은 팔은 어깨 근처에 식물처럼 뿌리를 내린 모습이었다.

기분이 조금 나쁘네.

아니, 아무래도 마도갑옷 2식 개량형도 벗겨낸 모양이다.

다리 파츠도 없다. 아래에는 속옷 하나뿐이다.

더 말하자면 온몸에 붕대가 감겨 있었다.

옆구리 근처에는 피가 배어 나오고 있었다. 응급처치일까. 치유 마술을 못 쓰는 녀석에게 도움을 받은 걸까. 그렇다면 이 팔도 그 녀석 덕분…일까?

"…아."

주위를 둘러보니, 내 옷이 착착 접혀 있는 게 보였다.

그 위에는 팔이 덩그러니 놓여 있었다.

사람의 목도 아니고 팔. 아, 이 팔, 내 거로군. 용신의 팔찌가 끼워져 있다.

"아야야….."

다급히 이동하려고 하니 온몸에 고통이 일었다.

곧바로 치유 마술을 외워서 상처를 치료했다. 그리고 팔에서 팔찌를 빼서 검은 팔에 끼웠다.

효과… 있으려나?

"여기는 어디지?"

소리 내어 말하며 일어서 보았다.

동시에 손바닥에 불을 만들어서 주위를 비추었다.

넓이는 사방으로 5미터 정도. 벽은 흙. 천장이 있는 걸 보면 역시 동굴인까

동굴 안쪽에 천 같은 게 깔려 있고, 내가 그 뒤에 누워있었다.

이 천… 망토인가?

"……."

일단 위치를 확인하기 위해 동굴 출구로 향했다.

동굴은 구불거리긴 했지만, 곧 빛이 보였다. 출구다.

하지만 출구에 누군가가 서 있었다.

거대한 덩치. 그 덩치에 어울리는 거대한 갑옷.

그는 내가 다가가자 천천히 돌아보며 투구의 가리개를 올렸다.

그러자 낯익은 얼굴이 나타났다.

"도가….'

"…음."

"네가 구해준 거야?"

"…다리가 무너지는 걸 보고, 바로 달려갔다. 루데우스, 기절해 있었다. 옮기려고 했는데, 갑옷 무거워서 벗겼다. 여기 옮겨와서, 치료했다."

도와준 모양이다. 이런 계곡 밑바닥으로 달려와서….

우우, 미안, 도가. 존재감이 흐릿하네, 도움이 안 되네 해서.

"그랬군, 고마워. 너는 생명의 은인이야. 미안, 혼자 움직여서. 방심했어."

"…음. 산도르의, 명령이니까."

도가는 그렇게 말하고 살짝 웃었다.

명령이라고 해도 그는 계속 나를 지키려 했다.

좋은 녀석이잖아. 두 병사를 지키자고 생각했던 내가 바보였던 것 같다.

"이 팔도 네가?"

검은 팔을 들어올리자, 도가는 고개를 내저었다.

"발견했을 때, 루데우스, 고치처럼, 되어서, 열어보니, 고치, 팔이 되었다."

……?

고치가 되었고, 고치가 팔이 되었다? 팔은 고치라고 치고, 그럼 그 고치는 뭐지?

이런 팔이 붙을 만한 걸 가지고 있었나?

그렇게 생각하면서 팔을 보자, 도가는 미안하다는 표정을 지었다.

"원래 팔, 하나는, 찾았다. 또 하나는, 찾아보았지만, 없었다. 먹혔을지도. 미안."

"아, 아니, 괜찮아."

치유 마술로 다시 만들 수 있을 테니까. …이 검은 팔이 빠진다면 말이지만.

"여기는 어디야?"

"계곡 아래, 제일, 깊은 곳."

"그런가……. 얼마나 지났기?"

"모르겠다. 여기, 태양, 안 보인다. 이틀이나 사흘 이상은, 지났을 것 같다."

그렇게 말하며 도가는 옆으로 비켰다.

그러자 내 눈에 빛이 들어왔다.

흐릿하고 다소 푸르스름한 빛.

동굴 밖에는 빛나는 이끼나 빛나는 버섯 같은 것이 잔뜩 나 있었다. 그게 주위를 밝히는 것이다.

하지만 눈에 들어오는 것은 그것만이 아니었다.

동굴 밖 동굴 입구를 막듯이 세 개의 시체가 있었다

등딱지를 가진 공룡같은 생물.

지룡이다. 그게 세 마리나 시체가 되어 나뒹굴고 있었다.

"…이건 네가?"

"응, 나, 루데우스, 지켰다."

살펴보니 도가의 도끼에는 새빨간 피가 묻어 있었다.

지룡의 피인가.

그렇긴 해도 혼자서 쓰러뜨렸나.

대단한데. 도가를 얕보았던 걸지도 모르겠다. 그보다 북신 칼맨인가 갈 파리온인가가 말했지.

"너 북제였어?"

"응, 스승님은, 아직, 미숙하다고 하셨지만. 마물, 해치우는 거, 특기."

도가를 못 써먹겠다고 말한 놈은 대체 누구냐. 아리엘은 확실히 쓸 만한 전력을 보내주었잖아. 죄송합니다. 저입니다. 솔직히 얕보고 있었습니다!

"그래…. 대단하네."

"응."

칭찬하자 그는 또 기쁜 듯이 웃었다.

하지만 도가가 북제면….

"산도르는?"

"…나, 말 못 한다."

"그래."

뭐, 짚이는 데는 있다. 돌아가면 물어보자.

"그럼, 여기서 탈출해야지."

아무튼 지금은 돌아가는 게 먼저다.

전대 북신… 아니, 갈 파리온은 이미 검신이 아니지만, 실력은 건재하다. 앞으로도 검신이라고 부르자. 북신도 2세나 3세가 있으니까, 검신이라고 불러도 별 지장은 없겠지.

검신에 북신. 적은 강대하고 모습을 숨기고 있다. 어쩌면 내가 당한 것을 아직 아무도 모를 수도 있다.

그리고 그들이 적이라고 하면 토벌대는 온다. 스펠드족을 없앨 마음을 먹은 놈들이 온다.

토벌대 백 명이나 이백 명 정도야 어떻게 되지만, 그 사이에 그 두 명이 숨어 있다면 이야기는 다르다.

막아야 한다.

"…일단 내가 떨어졌던 장소로 안내해 줘. 갑옷을 회수하고 싶어. 아직 쓸 수 있는 스크롤이 있을지도 모르니까."

"음."

고개를 끄덕이고 발을 옮기는 도가. 나는 그 듬직한 뒷모습을 따라갔다.

마도갑옷이 있는 곳에는 비교적 금방 도착했다.

도중에 쓰러뜨린 지룡은 두 마리. 양쪽 다 도가가 일격에 해치웠다.

일격이다.

돌진해 온 지룡을 기다렸다가 거대한 도끼를 붕 하고 휘둘렀더니, 지룡의 머리가 터졌다.

정말 듬직하다.

인비지블 울프와의 싸움을 떠올려보면 그런 계열의 술수에는 약하지만, 파워 대결이라면 지지 않을 것 같다.

뭐, 도가는 그렇다고 하고….

"으음…."

마도갑옷은 완전히 깨져 있었다. 특히나 등 쪽의 스크롤 버니어는 괴멸적이다. 스크롤이 전부 두 쪽이 나 있다. 게다가 내 피가 버니어 안에 튀었는지 끈적끈적하다. 이래서는 도저히 못 써먹는다.

검신급이 되면 마도갑옷조차도 방어구로 도움이 안 되겠지.

하지만 검이 안 좋았던 모양이군. 검이 갑옷 중간에 박힌 채로 도중에 뚝 하고 부러졌다.

살펴보니 보통 검이었다.

갈 파리온은 마검 종류를 많이 가지고 있다는데, 카모플라주를 위해 일부러 가지고 오진 않았겠지.

혹시 이게 녀석의 애검이었다면 갑옷 따위에 가로막힐 일 없이 나까지 두 동강 냈겠지.

소름 돋는 이야기다.

물론 그런 걸 가지고 왔으면 올스테드나 크리프가 알아차렸을까….

"이건 못 쓰겠네."

록시가 만들어 준 스크롤 버니어는 내버릴 수밖에 없겠다.

모처럼 록시가 만들어 준 건데… 하다못해 나중에 회수하러 오자.

하지만 갑옷 본체는 아직 움직인다.

완벽하다고는 할 수 없지만, 팔 파츠는 하나 남아 있고, 다리 파츠 쪽은 멀쩡하다.

그렇긴 해도 소환 스크롤을 못 쓰게 된 건 타격이군.

그 두 사람과 싸울 때 마도갑옷 1식 없이는 상대가 안 된다.

스펙드좀 마을루 독아가며 바로 사무수루 독아가서 예비용을 가져와야겠다.

그럴 틈이 있으면 좋겠는데.

"…응?"

마도갑옷에서 스크롤 버니어를 떼어내자, 꽂혀 있던 검 파편과 함께 스크롤 하나가 투둑 하고 떨어졌다.

아니, 이건 스크롤이 아니다.

상자다. 버니어 안에 공간이 있었기에 넣어둔 상자다.

크기는 국어사전 정도. 흉흉한 악마의 무늬가 새겨진, 열면 저주에 걸릴 듯한 상자다.

"아토페에게 받은 상자…."

궁지에 몰렸을 때 열라고 그랬던 상자.

검은 그 상자에 박힌 형태로 부러진 모양이다. 상자에는 베이다가 만 칼자국이 남아 있었다.

"……."

나는 조심조심 상자를 열고 안을 보았다.

안에는 아무것도 없었다. 텅 비어 있었다.

아니, 뚜껑 부분에 뭐라고 적혀 있었다.

[이 검은 살덩어리는 불사마왕 아토페의 분신으로, 궁지에 빠졌을 때 열면 소유자를 지킬 것이다. 조심스럽게 다루도록.]

검은 살덩어리… 그렇게 생각하며 팔을 보았다.

…혹시 이 팔이 그건가?

연 기억은 없지만, 갈 파리온의 공격으로 상자에 금이 갔고, 내 위기를 탐지하여 낙하하던 나를 지키고 팔에 기생하여 지혈해 준 거라든가….

그런 건가? 아무든 고맙다고 말해야겠군.

"아토페 님… 고맙습니다!"

대답하는 이는 없다.

하지만 나는 그런 결론을 내리고, 진심으로 그 폭력적인 마왕에게 감사했다.

동쪽을 향해 머리를 조아리며 인사. 지금은 아직 이동 중이겠지만, 혹시 만나면 맛있는 술을 바치도록 하자. 그 중2병 같은 이름의 술을.

"자, 돌아가자."

결전의 날이 가까워졌다. 얼른 돌아가야 한다.

★　★　★

　그렇게 폼 잡고 말해보았지만, 절벽을 올라갈 수는 없었다.

　흙 마술을 써서 어느 정도 올라가자, 버섯과 이끼가 깔린 지대는 없어지고 주위는 어두컴컴해졌다.

　그런 어둠 속에서 우리를 공격해 온 것은 지룡 떼였다.

　좌우에서 차례로 공격해 오는 지룡.

　그 압도적인 물량 앞에서 우리는 철수할 수밖에 없었다.

　흙 마술로 만든 반판은 불안정한 뿐만 아니라 안휘 속에서 열 마리 이상의 지룡이 도마뱀처럼 덤벼드는 것이다.

　그것뿐이라면 어떻게 해보겠지만, 지룡은 당연하다는 듯이 마술을 썼다.

　상하좌우뿐만이 아니라 벽에서 무수한 어스 랜서가 튀어나오니 돌파는 어렵다.

　역시나 드래곤이라고 해야 할까.

　"후우…."

　그 후로 몇 번이나 이것저것 시험해 보았다.

　캐터펄트 사출로 단숨에 위로 올라가려고 해본다든가, 흙 마술로 우리의 모습을 숨기면서 올라가 본다든가.

　하지만 어느 쪽이든 지룡이 방해했다.

　지룡은 의외로 민감하고 정말 끈질겼다.

　캐터펄트 사출은 도중에 저지당하고, 모습을 숨겨도 결국은 공격해왔다.

게다가 한 번 찍으면 우리를 끝까지 쫓아왔다.

물론 버섯과 이끼가 난 곳까지 돌아오면 대부분 추격을 멈추었다.

아무래도 이곳을 싫어하는 모양이다.

이 버섯을 싫어하는 걸까, 아니면 영역이라고 생각하지 않는 걸까.

하지만 몇 마리는 쫓아왔으니까 꼭 안 된다는 것도 아니겠지.

"어쩌지…. 아니, 도가, 넌 용케 내려왔다?"

"…음. 내려올 때, 별로, 공격 없었다."

"그랬나…? 아니, 그렇군."

지룡은 위에서 오는 상대에게는 둔감하고, 밑에서 오는 상대에게는 민감하다.

그런 지식은 있었다. 하지만 실제로 보는 건 이게 처음이다.

정말로 과도하다. 적을 눈앞에 둔 수탉 같은 기세였다.

아예 광범위 마술로 날려 버릴까.

아니, 가령 날려 버린다고 해도 그 잔해에 깔릴 뿐일까.

계곡은 넓고 깊다. 지룡은 자유자재로 흙 마술을 쓸 수 있다. 수십 마리 정도를 없애 봤자 별로 의미는 없겠지.

지금부터 칼맨이나 갈 파리온과 싸울 건데 괜한 마력을, 그것도 대량으로 쓰고 싶지 않다.

그렇다고 해도 우물쭈물하다간 그들이 군대를 데리고 스펠드족 마을로 갈지도 모른다.

스펠드족이 아니라 다른 곳으로 가도 이상하지 않다.

적어도 자노바가 있는 위치는 탄로났겠지.

이미 당했을지도 모른다.

마음이 급해진다… 하지만 진정하자. 초조해져도 사태는 호전되지 않는다.

하지만 어떻게 할까 싶어서 천리안으로 위쪽을 봐도, 지룡들은 아직도 아래에 있는 우리를 경계하고 있고,

"어디 지룡이 적은 장소가 없는지 찾아볼까."

"…음."

그리고 우리는 걷기 시작했다.

이끼와 버섯 때문에 발밑은 어둡지 않았다.

공격해 오는 것은 지룡뿐만이 아니었다. 인간과 비슷한 크기를 가진 하늘소와 지네 같은 벌레도 우리를 공격해 왔다.

아무래도 지룡은 이 벌레를 먹으며 사는 듯했다.

방금 전에도 눈앞에서 지룡 한 마리가 벌레를 입에 물고 위로 올라갔다.

그런가 싶더니, 위에서 죽어서 떨어진 듯한 지룡에 벌레들이 모여드는 광경도 있었다.

먹이는 밑에 있고, 위에서는 좀처럼 내려오는 일이 없다.

그렇다면 지룡이 아래밖에 경계하지 않는 것도 이해된다.

이 장소만큼은 묘한 먹이사슬이 이루어진 듯했다.

"……."

하지만 걷다 보니 이런 생각이 들었다.

"이 길, 걷기 쉽네."

계곡 밑바닥의 길은 생각 이상으로 평탄했다.

커다란 버섯이나 낙석으로 보이는 돌 때문에 막힌 곳도 있었다.

하지만 전체적으로 평탄해서 정말로 걷기 쉽다. 이런 느낌, 어디선가 경험한 적이 있는 것 같다.

"…음, 적룡의 턱, 이런 느낌."

"아앗!"

올스테드와의 훈훈하고 싶은 추억이 남아 있는 거기!

그러고 보니, 분명히 이런 느낌이었다.

적룡의 윗턱, 적룡의 아래턱, 성검가도. 버섯이나 낙석 때문에 알기 힘들지만, 그런 곳을 걸을 때도 이런 느낌이었다.

"그럼 누군가가 만들었다는 소리…?"

하지만 그 길에는 마물이 없었다. 그렇다면 누군가가 만들고, 이 땅에 지룡을 불러들였다…?

아니, 잠깐만.

분명히 용을 중앙대륙에 불러온 것은 라플라스라고 하지 않았나?

그렇다면 이 길도 라플라스가 만든 걸까.

뭣 때문에?

"……."

알 턱이 없다.

그보다 올라가는 길을 찾자.

지형적으로 지룡이 둥지를 만들지 않은 장소는 없을까.

아까부터 천리안으로 위쪽을 보고 있지만, 계곡의 벽에는 내구성이 불안할 정도로 구멍이 나 있었다.

빈틈없이 건설된 고층 빌딩들 같았다.

그 구멍에 전부 지룡이 살고 있는 건 아니겠지만, 상당수의 지룡이 사는 건 틀림없다.

천이나 이천 마리 정도일까.

그중에서도 아래쪽에 사는 녀석이 밑으로 내려와서 먹이를 찾는 것이다. 밑바닥에 이렇게 많은 지룡을 먹여 살릴 정도의 먹이가 있진 않겠지만, 그래도 이 세계에서 먹이의 숫자와 마물의 숫자가 비례하지 않는다는 일 정도는 일상다반사다.

…저곳을 잘 이용해서 위로 올라가는 건 어떨까.

아니, 어떻게 이용하라는 건데.

한 번 떨어지면 올라갈 수 없는 걸까.

지룡의 계곡. 떨어지지 말라는 소리는 들었지만, 좀 얕보고 있었네….

"루데우스."

"응? 적인가?"

또 새로운 벌레라도 나온 줄 알고 긴장했는데, 도가가 옆을 가리키고 있었다.

그쪽에는 벽만 있었다.

아니, 그게 아니다. 버섯 그늘에 가려서 잘 안 보였지만, 구멍이 있었다.

구멍 자체는 아래쪽에서도 종종 있었지만, 그 구멍은 조금 달랐다.

계단이다.

계단이 있었다. 위가 아니라 아래로 내려가는 계단이다.

"……."

이 이상 아래로 내려가라는 뜻일까.

그런 생각이 뇌리를 스쳤다.

"어?"

하지만 다음 순간 내 손이 멋대로 움직였다.

오른손이 구멍을 가리킨 것이다. 마치 여기에 들어가라고 말하듯이.

"아토페 님, 여기에 출구가…?"

아토페의 분신은 대답해 주지 않았다.

하지만 가리켰다. 토시가 없는 쪽의 팔로.

"…그렇군."

계속 걸어도 올라갈 수 있는 장소가 나올 것 같지 않다.

이 계곡이 얼마나 계속될지는 모른다. 계속 걸어가도 막힌 곳에 도달할 뿐이겠지. 거기서 발길을 돌려서 반대쪽을 찾는 것도 수고스럽다.

그럼 도중에 발견한 것을 전부 조사해 보는 것도 괜찮지 않을까.

"내려가 볼까."

"음."

도가는 망설임 없이 끄덕였다. 그도 이 계단을 보고 뭔가 느꼈을지도 모른다.

우리는 어두운 계단을 내려가기 시작했다.

계단을 내려간 곳에는 거대한 제단이 있었다.

거대한 제단… 그거 말고 뭐라 표현하면 좋을까.

버섯과 이끼로 뒤덮인 거대한 동굴. 지탱하듯이 서 있는, 조각이 새겨진 두 개의 기둥. 그 사이는 돌을 잘라서 만든 듯한 받침대가 있고, 안쪽에는 역시나 섬세하게 조각된 벽화 같은 것이 장식돼어 있었다.

벽화에 그려진 것은 드래곤일까.

꽤나 자세하게 그려진 듯한데 어두워서 보기 어렵다.

하지만 이런 걸 어디서 본 적이 있는 것 같다.

어디였더라… 아.

"여기는 용족의 유적…인가?"

그래. 전이유적. 그곳이랑 느낌이 많이 비슷하다.

더 말하자면 이 조각이나 벽화의 느낌도 공중성채에서 본 것과 흡사하다.

그렇다면 여기에 전이마법진이 있는 걸까.

하지만 가령 있다고 해도 도박이 되겠군. 어디로 날아갈지 모르는 전이마법진을 타고 어디로 간단 말인가. 내가 가고 싶은 곳은 바로 위쪽인데.

아니, 너무 성급하게 결론짓지 말자.

보아하니 이 제단이 있는 방 말고는 방이 없다.

게다가 아토페 핸드가 가리키는 것은 그런 게 아니다.

벽화 쪽이다. 벽화 밑에 있는 작은 선반이다.

아니, 벽화가 큰 탓에 작게 보일 뿐이지, 선반은 딱히 작지 않지만.

아토페의 손은 틀림없이 그곳을 가리키고 있었다.

"……."

문득 아토페의 얼굴이 떠올랐다.

그 머리 안 좋은 마왕님의 인도에 따라도 되는 걸까. 순간 불안해졌다.

하지만 다리는 움직였다.

아토페 핸드가 가리키는 대로 선반 앞에 섰다.

거기에는 병이 몇 개 있었다.

투명도가 낮고 입구가 열린 병이었다.

또한 선반 중앙에는 투명도가 낮은 수정구슬 같은 것이 고정되어 있었다.

"설마 술이라도 들어 있는 건 아니겠지?"

그렇게 생각하면서 병 하나를 집어 들었다.

용 무늬가 새겨진 병이었다. 분명 자노바에게 보여주면 그 가치를 알려주겠지. 게다가 그 안은 비어 있었다.

"…그래서 이걸로 어쩌라는 겁니까?"

아토페 핸드에게 물었다.

대답은 없다.

대신 아토페 핸드는 그 손을 뻗었다.

병을 무시하고 투명도가 낮은 수정으로.

그리고 그 수정 위에 손을 얹었을 때 내게 주도권이 돌아왔다.

"……."

뭐지.

뭘 하라는 걸까. 병에, 수정에, 제단. 무슨 RPG를 하고 있었더니 갑자기 수수께끼 풀이가 시작된 느낌이다. 힌트가 필요하다.

"루데우스, 저거."

도가가 뒤에서 내 머리 위를 가리켰다.

올려다보니 제단을 떠받치는 거대한 기둥 위가 푸르게 빛나고 있었다.

아니, 그게 아니다.

기둥이 빛나는 게 아니라 기둥 위에서 푸르게 빛나는 무언가가 새어나오는 것이었다.

그리고 그것은 순식간에 아래로 내려와서 제단 밑에 있던 그릇 같은 장소에 고였다.

아무래도 이 수정구는, 아니, 제단 전체가 마도구였다는 소리일까.

푸른 물을 토해내는 마도구.

하지만 이 빛, 왠지 주위의 이끼나 버섯을 연상시킨다.

"그래서 이 물을 어쩌라는 거지."

마시라는 걸까.

몸에 안 좋을 것 같은데….

아니, 병이 함께 놓여 있는 것을 보면 이 물을 어딘가에서 쓰는 걸지도 모른다.

이 병에 물을 담아서 어딘가 있는 장치에 흘려 넣으면, 장치가 작동해서 문이 열리고 전설의 검을 입수한다든가. 검은 필요 없지만.

"이거, 아닐까?"

도가가 가리킨 장소는 벽화였다.

거대한 벽화가 그려져 있었다.

사람과 지룡이 그려진 그림이다. 수정구를 움직여서 마도구

를 기동시키면 푸른 물이 흘러나오는 구조였는지, 그 푸른빛으로 전모가 드러났다.

벽화는 푸른 물의 흐름을 의미하는 것처럼 보였다.

제일 위에는 제단이 있고, 거기서 나온 푸른 물을 사람이 병에 담고 있었다.

그리고 병을 든 사람이 주위 인간에게 그것을 뿌렸다. 그러자 이들은 검이나 창을 들고 지룡인 듯한 생물을 뒤에서 공격하여 사냥했다.

언뜻 봐서 판단하건대, 이 물이 지룡을 사냥할 때 도움이 된다는 소리 같은데.

그림 옆에는 뭐라고 글도 적혀 있지만 읽을 수가 없다.

용족의 문자와도 조금 다른 듯했다.

"아, 하지만⋯."

하지만 문득 뭔가가 떠올랐다.

지룡은 계곡 아래까지는 내려오지 않는다.

푸른 이끼, 푸른 버섯. 그리고 푸른 물.

어쩌면 과거에 여기에 사람이 살았던 게 아닐까. 그 사람들은 이 푸른 물을 써서 지룡을 쫓아냈다. 지룡은 푸른 물에 든 성분을 싫어한다. 그리고 푸른 이끼나 버섯에도 그 성분이 들어 있다.

게다가 벽화를 보면, 사람들은 지룡의 뒤에서, 그것도 아래쪽에서 공격하고 있다.

그 민감한 지룡의 아래에서.

…어쩌면 보이지 않는 걸까.

지룡은 이 푸른빛을 내는 것을 볼 수 없다.

그러니까 아래쪽에는 별로 내려오지 않는다. 그리고 몸에 뿌리면 지룡의 눈에 보이지 않는 걸까?

"…이거, 해볼까?"

도가를 돌아보며 물었다.

설명은 하지 않았다.

"음."

하지만 도가는 당연하다는 듯이 끄덕였다.

잠시 후 우리는 계곡 위에 있었다.

탈출했다. 지룡의 계곡을.

"하아, 세상 공기는 맛있군…."

동굴에서 나온 우리는 푸른 물을 빈틈없이 몸에 뿌렸다.

그 뒤에 흙 마술을 쓴 엘리베이터로 천천히 우리 몸을 들어 올렸다.

너무 빠른 속도로 움직이면 들킬까 봐 불안해서 천천히 행동했다.

빙고였다.

지룡은 푸른빛을 내는 우리를 봐도 아무런 반응도 하지 않았다.

보이지 않는 건지, 아니면 먹을 것으로 인식할 수 없는 건지.

바위벽에 달라붙어 몸을 맞댄 채로 가만히 있을 뿐이었다.

그리고 약 한 시간.

천천히 올라간 결과 밤하늘이 보였다.

현재 시각은 밤인 모양이다. 어째서인지 달빛에 감동하면서 우리는 계곡 가장자리에 내려왔다.

"해냈군."

"음!"

도가의 등을 두드리자, 그도 기쁜 듯이 끄덕였다.

조금 고생했지만, 탈출 성공이다.

곧바로 스펠드족 마을로 돌아가서, 그 두 사람에 대해 전해야 한다.

제3화 승기를 잡다

내가 돌아왔을 때, 뜨거운 회의가 벌어지고 있었다.

"적은 바로 코앞까지 와 있습니다. 준비를 해야 합니다."

"그러니까 먼저 루데우스를 찾으러 가야 한다고 말하고 있잖아!"

소리치듯이 크게 말하는 사람은 에리스고, 그녀와 이야기하는 사람은 산도르였다.

록시도 있었다.

"그는 도가와 같이 있습니다. 곧 돌아올 겁니다. 그동안 전력의 정리나 덫 설치를…."

"그 덩치가 무슨 도움이 된다는 거야!"

"그래 보여도 실력은 있습니다."

"애초에 실력이 있다고 하면서, 왜 네가 함께 있지 않았어!"

"큭… 그거… "

앞으로 어떻게 할지가 의제인가.

나를 도우러 갈 건지, 아니면 내가 알아서 돌아올 거라 믿고 적과 맞설 건지.

그런 걸까.

에리스는 나를 도우러 가자고 주장하는 모양이다. 고마운 이야기다.

"이제 됐어! 나 혼자서라도 내려갈 거야!"

에리스가 못 참겠다는 듯 일어서서 몸을 돌렸다.

그리고 나와 눈이 마주쳤다.

"아래로 내려갈 거면 버섯 뒤에 숨겨진 계단을 통해 제단으로 내려가서 푸른 물을 얻으면 편해."

"루데우스!"

공략정보를 가르쳐주자, 에리스가 안겨들었다. 아파, 아파,

등뼈 부러진다.

"걱정했어!"

"미안."

돌아보니 록시를 시작으로 다른 이들도 안도한 기색이었다.

내가 살아있는 것만 해도 이런 반응. 고맙군.

"…그런데 그 팔은 뭡니까?"

"아, 이거…. 아니, 한꺼번에 설명할게. 하지만 그 전에…."

그렇게 말하면서 나는 주위를 둘러보았다.

거기에 앉은 한 남자를 쳐다봤다.

"너 정체가 뭐야?"

나는 산도르를 보면서 그렇게 물었다.

북신 칼맨 2세.

알렉스 라이백.

왕룡왕을 쓰러뜨리고 거대한 베히모스를 쓰러뜨리고 각지에
서 여러 무공을 쌓아 칠대열강 중 하나가 된, 바로 저 북신영
웅담의 주인공. 백년 정도 전까지는 세계최강의 검사로 알려
졌던 북신류의 최고봉.

산도르는 그렇게 이름을 밝혔다.

나는 솔직히 별로 놀라지 않았다. 그런 인물이 왜?라는 마음

은 있었다.

하지만 머리로는 납득했다. 올스테드가 나에게 붙여주면서도 비밀로 한 이유.

아리엘이 길레느나 이졸테보다 먼저 보내온 이유. 도가가 북제였던 이유.

북신 칼맨 2세.

납득이다.

"왜 말을 안 했습니까?"

"만일의 경우를 대비하여… 인신은 인간의 마음을 읽습니다만, 이쪽 사람이 내가 칼맨이란 걸 모른다면 정체를 숨길 수 있고 행동하기 편해지겠고요."

그렇군.

계곡으로 떨어질 때 인신은 이쪽의 정보를 다 알고 있다고 생각했는데.

하지만 칼맨이 이쪽 진영에 있다는 정보는 저쪽에 넘어가지 않았다는 소린가…. 아니, 하지만 산도르나 도가의 마음을 읽을 수 있다면 별로 의미가 없지 않아?

"…정말로?"

"아뇨, 사실은 조금 위험해진 뒤에 밝히면 멋질 것 같았습니다."

"좋아."

멋진 모습을 보이려다 실패한다. 정말로 흔히 있는 일이지.

"결국 도가가 북제인 걸 들켰으니까 헛수고 아니었나요?"

"예…. 도가는 별로 알려지지 않은 북제였는데 말이죠."

만약 내가 두 사람이 강자인 걸 알았으면, 두 사람의 존재 뒤에 숨듯이 행동했을 텐데.

아니, 그랬으면 그 두 사람도 다른 행동을 했을까.

"어찌 되었든 앞으로는 기대하겠습니다, 알렉스 씨."

"물론입니다. 아, 하지만 앞으로도 산도르라고 불러주세요. 지금은 그 이름으로 살고 있으니까."

산도르의 정체를 확인한 후에 각자가 가진 정보를 모았다.

열흘 정도 전, 나는 검신 갈 파리온과 북신 칼맨 3세를 데리고 이 마을에 왔다가 계곡으로 추락했다.

계곡 밑바닥에서는 깨닫지 못했지만, 꽤 오랫동안 기절했던 모양이다.

그 다음날이나 이틀 뒤. 정확한 시간은 모르지만, 인근의 전이마법진과 통신석판이 빛을 잃었다.

에리스와 록시는 그것으로 이변을 감지. 나와 합류하기 위해 스펠드족 마을로 왔다고 한다.

스펠드족 마을에서도 마법진의 빛이 사라진 것은 알고 있었다.

하지만 내가 움직인다고 믿고 일단은 지켜보는 방향.

내가 행방불명이라고 판명된 것은 곧바로 돌아온 산도르의 정보를 통해서였다.

산도르는 루이젤드와 함께 나를 찾으러 나섰고, 그 결과 도가가 나를 쫓아서 계곡 아래로 내려갔다고 추측. 도가에게 맡기고 적의 습격을 경계하기로 했다는 모양이다.

왜 적의 습격을 경계했냐 하면, 그가 정보상에게 입수한 어떤 정보 때문이었다.

정보상의 말에 따르면, 왜인지 숲의 악마가 스펠드족이고, 그들이 인근 주민을 몰살했다는 얼토당토않은 소문이 나돌고 있다고 한다

그 소문 때문에 나라에서는 스펠드족 토벌대를 조직하기로 결정한 모양이다.

"그렇군…."

에리스와 록시가 가져온 정보가 그것을 뒷받침했다.

에리스와 록시가 도착한 것은 바로 어제였다고 한다.

본래 나흘 정도 걸리는 거리임에도 불구하고 그 길에 열흘 정도 걸렸다.

이것은 그녀들이 수도를 경유할 때 식전이 거행되고 있었던 것에 기인한다.

그 식전이란 토벌대의 출발식이다.

수도에서는 스펠드족을 토벌한다는 결정으로 축제 분위기였고, 그런 가운데 서둘러 토벌대 출발식이 행해졌다고 한다.

본래 조금 더 시간이 지난 뒤에 할 예정이었다.

아마도 나를 계곡에 떨어뜨렸다는 보고를 받은 기스가 빨리 움직이게 한 거겠지.

팔을 잃으면서 올스테드의 팔찌가 빠졌기에 인신에게 내 생존이 들켰다.

그럼 내가 계곡에서 올라오기 전에 얼른 올스테드를 해치우려는 걸지도 모른다.

록시와 에리스는 과도하게 빠른 토벌대의 출발에 대해 조사했고, 토벌대에 검신과 북신이 참가했음을 확인했다.

하지만 그렇게 정찰하면서도 두 사람은 항상 의문을 품었다고 한다.

루데우스가 교섭하러 갔을 텐데 왜 이렇게 되었을까.

왜 루데우스의 모습은 보이지 않는 걸까.

그런 식으로 생각하던 중 토벌대는 수도에서 출발해 버렸다.

아무튼 두 사람은 토벌대를 경계하면서도 추적했다.

목적지는 알고 있지만, 최소한 정보를 더 모으려는 마음이었다.

하지만 그들이 제2도시에 들어가자, 이 이상의 추적은 위험하다고 록시가 제안. 도시를 크게 우회하고 숲을 통과하여 스펠드족 마을로 향했다.

그 후에 당연하다는 듯이 길을 잃어서 날짜를 허비했지만, 무사히 스펠드족 마을에 도착했다.

그런 이야기다.

참고로 스펠드족 마을에 도착했을 때, 에리스와 루이젤드 사이에 감동의 재회가 있었다는 모양이다.

루이젤드를 본 순간, 에리스는 그에게 뛰어들고 싶은 충동에 사로잡혔다고 한다.

나는 강해졌다, 봐 달라. 그런 마음이 온몸을 휩쓸었겠지.

하지만 그녀는 꾹 참았다.

지금은 어린아이가 아니다.

루이젤드에게 전사로 인정받은 후로 에리스 그레이랫은 전사다. 전사로서 스승인 루이젤드에게 부끄럽지 않은 행동을 취해야 한다.

스스로에게 그렇게 말하면서 평소의 포즈를 취하며 말했다.

"오랜만. 변함없네, 루이젤드."

"그래, 에리스. 너는 많이 자랐군."

"당연하지."

에리스와 루이젤드가 나눈 말은 그것뿐.

그것만으로 에리스는 그리우면서 자랑스러운 마음이 되었다고 한다.

과거에는 올려다봐야 했던 루이젤드와 같은 눈높이에 있다.

그리고 루이젤드와 나란히 서서 싸울 수 있다.

에리스는 의기양양한 얼굴로 그렇게 말했다.

"남은 시간은 별로 없습니다. 아마도 지금쯤 토벌대는 이쪽으로 오고 있을 겁니다. 귀족의 전사들이 증원으로 나타나는 것도 그리 멀지 않겠죠."

"그래. 그럼 나도 보고를 하겠습니다."

나도 보고를 한다.

그 병사 두 사람이 검신과 북신이었다는 것. 그들도 내가 사용했던 반지를 써서 변장했던 것. 그리고 아마 기스도 그걸로 변장했기 때문에 찾을 수 없다는 것. 계곡에 떨어졌지만, 아토페 핸드와 도가가 아슬아슬하게 구해주었다는 것. 그때 올스테드의 팔찌가 빠지면서 **인신의 눈에 띄었다**는 것.

마지막으로 계곡에서 탈출해서 돌아온 것까지.

"루데우스."

모든 이야기가 끝난 뒤에 에리스가 낮은 목소리로 말했다.

"갈 파리온은 내가 해치울게."

에리스는 내 팔과 어깨 부근을 보면서 그렇게 말했다.

"…뭐, 그런 것도 포함해서 이야기를 해보자. 복수를 해주는 건 기쁘지만, 혼자서 돌격하지 않도록. 나처럼 될 테니까."

정리를 해보자.

일단 기스 말인데, 토벌대를 어느 정도 조종할 수 있는 위치에 있었던 건 틀림없겠지.

최유력 후보는 국왕으로 변했다는 걸까.

사도는 누구인지 모르지만, 기스 쪽에 있는 자들은 검신, 북신, 귀신, 이렇게 셋.

검신과 북신은 변장의 반지 힘으로 스펠드족 마을을 정찰하고, 귀신은 기스와 함께 사무소를 강습해서 우리에게서 도주로를 빼앗았다.

그리고 현재 그들은 토벌대 약 100명과 함께 이 스펠드족 마을로 향하고 있다.

"......"

귀신 마르타.

그런 녀석을 샤리아로 보냈다.

그렇게 생각하니 마음속에 정말 같은 것이 퍼졌다.

"우리 집은 어떻게 되었지…?"

내 말에 록시는 고개를 숙이고, 에리스는 팔짱을 끼고, 산도르는 난처한 듯이 턱을 쓸었다.

"귀신이 사무소만 파괴하고 돌아갔는지, 아니면 샤리아도 공격하고 돌아갔는지는 모릅니다."

나는 생각해 보았다.

나라면 어떻게 했을까.

지금 샤리아는 텅 비어 있다. 루데우스도, 올스테드도 없다. 귀신에게 대항할 수 있는 인물은 아무도 존재하지 않는다.

방치? 그럴 리가 없다.

가령 전력이 없는 상태라도 일단 공격해 보겠지.

"......"

침묵이 감돌았다. 올스테드도 무서운 표정을 한 듯했다.

헬멧 때문에 모르겠지만, 항상 무서운 얼굴을 하는 사람이고.

"아, 다들 모여 계셨습니까?"

그때 입구 부근에서 목소리가 들렸다.

돌아보니, 녀석이 있었다.

"자노바!"

그러고 보니, 그도 있었다.

아니, 잊고 있었던 건 아니거든! 물론이야! 집이 조금 걱정되었을 뿐이지.

"스승님, 늦고 말았군요. 지금 도착했습니다."

"아니, 괜찮아, 나도 지금 왔고."

자노바의 뒤에는 줄리와 진저의 모습도 있었다.

두 사람도 힘들어 보였다. 여기저기 긁힌 상처가 있고, 피로로 눈밑이 거뭇거뭇했다.

마력이 고갈 직전이란 느낌이다.

"도중에 보이지 않는 마물을 상대로 고생해서 말이죠. 스펠드족 분들이 도와주시지 않았으면 위험할 뻔했습니다."

"그렇군. 알았어, 두 사람은 쉬게 하고…. 아니, 이야기는 좀 들어주었으면 좋겠어. 구석이라도 좋으니까 앉아서 쉬어."

내가 그렇게 말하자, 줄리와 진저는 말없이 비틀비틀 강당에 들어와서 기둥 근처에 앉았다.

즉시 록시가 다가가서 치유 마술을 걸기 시작했다.

"어디, 자노바. 상황은 어디까지 파악하고 있어?"

"대략. 하지만 처음부터 설명해 주신다면 기쁘겠습니다."

그렇게 해서 처음부터 설명했다.

같은 설명을 반복하는 건 정말 귀찮지만, 어쩔 수 없다.

정보의 공유가 중요하니까.

"…그렇게 해서 지금 이쪽으로 향하는 토벌대, 그리고 샤리아는 어떻게 되었는지가 걱정이야."

"흠."

설명이 다 끝났을 때 자노바는 훗 하고 웃었다.

웃을 요소가 있었나?

설마 '제 가족은 모두 여기에 있으니까 안전합니다, 하하하.'라고 말하는 건 아니겠지.

"그 점 말입니다만, 여기에 오는 도중에 숲속에서 칠대열강의 석비를 발견했기에 페르기우스 님의 부하, 아르만피 님에게 확인을 부탁했습니다."

"오오!"

기쁜 모습으로 일어선 사람은 내가 아니었다.

그는 주위 시선을 받더니 바로 착석했다. 산도르다.

"실례, 그래서?"

"스승님의 가족은 무사하다고."

주위에는 안도한 분위기가 흘렀다.

그래, 무사한가. 레오가 자기 할 일을 했나. 아니면 누군가가 지켜준 걸까. 마법대학이 있는 샤리아를 공격하는 건 위험하다고 판단했을까. 어느 쪽이라도 좋지만 기쁜 소식이다.

"하지만 페르기우스 님이 가세해 주신다면 단숨에 형세는 역전이로군요."

산도르가 꽤 흥분한 기색으로 주위를 돌아보았다.

하지만 자노바의 얼굴은 다소 어두웠다.

"아뇨, 페르기우스 님은 이 싸움을 지켜보겠다고 말씀하셨답니다. 가세는 기대할 수 없을 것 같습니다."

"그럴수가! 이럴 때야말로 그분은 강한데!"

산도르가 과장스럽다고 할 모습으로 고개를 뒤로 젖혔다.

그 정도로 이 남자는 페르기우스를 좋아하는 걸까.

아니, 산도르는 북신 2세다.

북신 1세와 페르기우스는 '마신을 죽인 세 영웅'으로서 익히 아는 사이겠지.

그럼 산도르는 페르기우스와도 면식이 있을지 모른다.

자기 아버지 세대에게 영웅이라고 불릴 만한 상대니까, 동경해도 이상하지 않다.

그건 그렇고, 분명히 산도르의 말이 맞다. 페르기우스와 열두 부하의 힘은 지금처럼 정보를 알기 어려울 때 더욱 쥬요하나.

최강 정찰병인 광휘의 아르만피와 정보공유 능력을 가진 굉뢰의 클리어나이트.

두 사람을 조합하기만 해도 상대의 정보를 다 알 수 있고, 정보는 순식간에 모든 동료에게 전달된다. 페르기우스의 전설에서도 그렇게 적군의 정보를 까발렸다.

물론 그것뿐만이 아니다. 다른 부하들의 힘도 매우 요긴한 것들뿐이다.

하지만 가세하지 않겠다고 말했으면 어쩔 수 없지.

올스테드도 페르기우스에게 힘을 빌리지 않는 방침이다.

"귀신 마르타는 난폭하지만 마음씨 고운 남자다. 비전투원을 공격하는 일은 없다."

조용히 중얼거린 자는 올스테드였다.

"혹시 간 자가 갈 파리온이나 북신 칼맨 3세였다면 샤리아도 공격했겠지."

올스테드의 말은 조용하지만 확 와닿았다.

약간 에코 느낌이 드는 것은 헬멧 때문일까.

"하지만 기스는 겁쟁이다. 두 사람을 이용해서 내 모습이 여기에 있다고 확인했지만, 그래도 일부러 귀신을 부른 것이다. 귀신이라면 나도 쓰러뜨리는 데 다소 시간이 걸린다. 그동안에 기스 본인이나 혹은 다른 누군가가 마법진을 파괴하고 다니는 계획이었을지도 모른다."

그게 올스테드의 견해인 모양이다.

그래. 귀신을 데리고 간 것은 어디까지나 안전책일까. 그 안전책 덕분에 우리 가족은 무사했다. 그보다 처음부터 샤리아를 공격할 생각은 없었을지도 모른다.

내가 먼저, 가족은 나중, 그런 식으로.

산도르가 한 가지 의문을 말했다.

"그럼, 왜 셋이서 가지 않았던 걸까요."

"아마도 갈 파리온과 북신 칼맨 3세의 목적이 기스와 다르기 때문이다."

검신과 북신의 목적.

그 말에 주위는 고개를 갸웃거렸다. 하지만 그러지 않은 사람이 한 명. 에리스였다.

"…갈 파리온은 너랑 싸우고 싶어 해."

"알렉산더 라이백도."

올스테드는 스펠드족 마을에 있다.

그걸 알기에 두 사람은 샤리아가 아니라 이곳에 남았다.

그런 점에서 기스가 그 두 사람을 완전히 조종할 수 없다는 것이 느껴졌다.

마음만 먹으면 지룡 계곡의 밑으로 내려와서 나를 죽일 수도 있었을 것이다.

북제인 도가도 내려올 수 있었으니까, 북신인 알렉산더도 가능하겠지.

그 두 사람은 인신과 기스의 생각대로 움직이지 않는 것이다.

"어찌 되었든 가족이 무사한 것을 알고 안심했습니다. 물론 이제부터 검신, 북신, 귀신이 이곳으로 쳐들어오는 모양이니까 안심할 수는 없습니다만."

신급 세 명에 토벌대 백 명.

반대로 스펠드족의 전력은 움직일 수 있는 스펠드족 전사가 십여 명.

그리고 여기에 있는 이들.

올스테드, 자노바, 진저, 줄리, 노른, 크리프, 엘리나리제, 루이젤드, 록시, 에리스, 산도르, 도가.

마을에는 스펠드족 여자와 아이, 의사단이 머무르고 있다. 의사단은 그렇다고 해도, 토벌대는 스펠드족을 표적으로 삼고 있다. 여기까지 온다면 다 죽이려 할지도 모른다.

"……."

진저, 줄리, 노른은 전력으로 셀 수 없겠지.

크리프도… 전투에는 별로 도움이 안 된다.

올스테드도 역시 전력으로 셀 수 없다. 올스테드의 마력은 거의 회복되지 않는다. 쓰면 쓰는 만큼 줄어든다. 나는 애초에 그걸 보전하기 위해 올스테드의 부하가 된 것이다.

싸움이 있다고 해서, '선생님, 부탁드립니다'라고 할 수는 없다.

어쩔 수 없는 상황이라면 나서달라고 해야겠지만, 신급 한 둘은 몰라도 셋을 상대한다면 그만큼 마력을 쓰겠지.

그렇지 않더라도, 아직 기스의 모습도 확인되지 않았다.

아직 예비 전력이 남아 있을지도 모른다. 게다가 내가 기스라면 정면에서 싸워서 쉽게 질 만한 녀석을 그대로 보내지는 않는다.

분명히 뭔가 작전을 세우고 있겠지.

올스테드는 뽑아서는 안 되는 카드다. 뽑아들면 그 자리는 넘길 수 있지만, 최종적으로는 패배를 가져오는 카드다.

꼭 써야 하는 상황을 제외하면 넣어두는 편이 좋겠지.

신급 세 명.

올스테드 없이 싸울 생각을 하면 결코 편한 싸움이 아니다. 편한 싸움은 아니지만….

그렇다고 못 이길 정도는 아니다.

이쪽에는 검왕 에리스, 북신 산도르, 북제 도가 등 강한 전력이 세 명. 그들을 서포트하듯이 나와 자노바와 루이젤드가 움직이면… 편한 싸움은 아니지만, 도망치든 싸우든 꼭 무리인 것도 아닐 것 같다.

이 총력전… 기스치고 준비가 조금 부족한 것 같다.

현재 이쪽의 전력은 스펠드족 마을에 집중되어 있다.

내가 없다고 생각한다면 모르겠지만, 내가 계곡 밑으로 떨어질 때 인신에게 생사가 알려졌다.

나도 올스테드도 있다. 그런 상황에서 총력전을 펼칠까…?

아니, 명왕 비니가 있었나.

본래 기스는 명왕 비타를 이용하여 루이젤드를 내 적으로 만들 꿍꿍이였겠지.

그렇게 생각하면 비헤이릴 왕국에 어슬렁어슬렁 나타난 나를 속이고, 변장한 검신이나 북신, 귀신과 함께 스펠드족 마을에 도착, 신급 세 명에 명왕 비타와 루이젤드를 포함한 3~5명으로 확실히 처리.

그런 계산이었을지도 모른다.

응. 그렇게 생각하면 상대의 패가 부족해 보이는 것은 내가 잘 행동했기 때문이라고 말할 수 있을지도 모른다.

운이 좋았을 뿐이라고도 할 수 있고, 누가 사도고 누가 사도가 아닌지 모르지만, 기스가 갈 파리온이나 북신 칼맨 3세를 제대로 조종하지 못하는 느낌은 정보에서도 전해졌다.

그런 그들을 기스가 어떻게 움직였을까.

예를 들어서 기스가 어떠한 조건을 제시하고, 그들이 그 조건을 승낙해서 움직였다고 치면. 이번에 무리하게 공격한 것은 그런 구두약속이 있기 때문이겠지.

그리고 그 조건은 아까 이야기에서도 나왔다.

나를 공격한 두 사람의 목표는 올스테드와 싸우는 것이다. 두 사람은 올스테드의 모습을 보고 이미 싸울 마음으로 가득하다.

기스가 준비한 것은 그 무대.

그래. 더 말하자면, 기스는 내가 계곡에 떨어졌다고 듣고 바로 움직인 것 같다.

예정으로는 귀족 전사단과 합류해서 출발할 예정이던 토벌대의 출정식을 앞당기기까지 하면서. 계곡에서 올라오기 힘들다는 걸 알기 때문에, 내가 없는 동안에 일을 끝내 버릴 생각이었겠지.

내가 죽지 않은 것을 안 기스.

즉시 토벌대를 움직여서 올스테드에게 큰 타격을 입히려 한 것이다.

내가 계곡에서 탈출하기 전에.

하지만 나는 이렇게 돌아왔다. 전투 전에 귀환해서 지금 상황에 이르렀다.

산도르의 정체가 탄로나지 않았을 가능성도 있다. 마이까시 인신의 그 여유 없는 분위기를 생각하면….

"…이건 승기일지도 모르겠어."

내가 그렇게 중얼거렸을 때, 방에 한 젊은이가 들어왔다.

하얀 창을 가진 스펠드족 전사였다.

"토벌대가 왔습니다. 반나절 거리입니다."

나는 안 늦게 돌아오긴 했지만, 정말 아슬아슬했던 모양이다.

지룡 계곡.

폭은 평균 400미터. 넓은 곳은 500도 넘지만, 좁은 곳은 100 정도.

스펠드족은 그 가장 좁은 곳에 다리를 놓아 숲 너머와 왕래하고 있었다.

그리고 이 다리에는 인비지블 울프가 싫어하는 향초를 으깨서 발라놓았다.

적의 숫자는 많고, 길은 여기뿐. 강과는 달리 쉽게 건널 수 있는 게 아니라서 확실히 발이 묶이는 장소다. 다리를 무너뜨린다면 더 시간을 벌 수도 있다. 게다가 숲속과 달리 장애물이 없기 때문에 천리안이 통해 내 사정권 안이다.

"다리는 남겨두죠."

그 제안에 따라 다리는 그대로 남겼다.

혹시 적이 건너오면 그때 무너뜨리면 된다. 아래로 떨어지면 그리 쉽게 올라올 수 없다는 것은 이미 겪어봤다.

지리적인 이점은 있다.

덫을 준비할 시간은 없었지만, 우리는 여기서 적을 기다리기로 했다.

일단 멤버는 여섯 명.

나, 에리스, 루이젤드, 자노바, 산도르, 도가.

이 여섯 명으로 신급 세 명을 상대하게 된다. 스펠드족 전사들은 주로 토벌대를 상대하게 되겠지.

록시는 해야 할 일이 하나 있기 때문에 후방에 배치.

엘리나리제와 스펠드족 전사 몇 명은 록시의 호위로 남았다.

크리프와 나머지 멤버들은 마을 방어.

뭐, 전사를 전위로, 마술사를 뒤에 둔, 전형적인 배치 형태다.

여차하면 부상자를 마을로 옮기고 치료해서 전선으로 되돌릴 수도 있다.

치료 얘기가 나와서 말인데, 아토페 핸드는 당분간 그대로 놔두기로 했다.

지금은 시간도, 록시나 자노바가 가지고 있는 스크롤도 유한하다.

이 팔은 내 원래 팔보다 성능이 좋은 모양이고, 인간 모기이니까 그대로 두고서 싸움이 끝난 뒤에 치유 마술 스크롤로 치료하면 된다.

뭐, 모처럼 마왕님이 준 선물이다.

잘 써먹어 보도록 하자.

반나절 뒤, 토벌대 백 명 정도와 다리를 사이에 두고 대치하게 되었다.

나리 너머, 비헤이릴 왕국 쪽의 선두에 선 것은 세 남자다.

허리에 검 한 자루를 찬 중년 남성.

검신 갈 파리온.

이미 검신의 자리 자체는 남에게 넘겼고 나이도 꽤 먹었음에도, 그 검술이 빛 바라지 않았음은 내가 경험으로 증명했다. 전대 검신이라고 불렀다간 그 강함이 깎일 것 같아서 주저하게 될 정도로.

등에 대검 하나를 짊어진 한 소년.

북신 칼맨 3세 알렉산더 라이백.

칠대열강 중 하나지만, 그의 실력은 미지수다.

그리고 3미터에 가까운 키와 통나무 같은 덩치, 방울 같은 것이 달린 목걸이에 호랑이 무늬의 천을 허리에 두른 붉은 귀족.

귀신 마르타.

그가 왜 우리 가족을 공격하지 않았는지 올스테드는 예상했지만, 그 참뜻은 모른다.

그 점에 대해서는 감사의 말이라도 해야 할지 모르겠지만… 그럴 마음은 없다.

녀석은 사무소를 습격했다.

사무소에 있던 엘프족 접수원은 절망적이겠지.

분명히 이름이 파…파라리스…? 아니, 어, 음, 그런 느낌이었어.

결국 이름도 기억해 줄 수 없었지만, 복수 정도는 해주고 싶다.

"기스의 모습은 안 보이는군요."

아쉽게도 근처에 원숭이 얼굴은 보이지 않았다.

근처에 모습을 숨기고 있든가, 아니면 제2도시 이렐에서 기다리고 있을까.

적어도 천리안으로 보이는 범위에는 없다.

혹시 저들을 제대로 조종하지 못한다면, 기스는 이번 기회를 포기하고 도망쳤을 가능성도 있나.

토벌대 참가자들은 스펠드족 전사들을 보고 두려워하는 눈치였다.

녹색 머리에 새하얀 창. 옛날이야기에 나오는 악마와 똑같은 모습이다.

혹시 이 싸움에 이긴다면 비헤이릴 왕국에도 루이젤드 책을 팔자.

"겁낼 것 없다!"

토벌대와 달리 신급 세 명은 스펠드족 전사를 봐도 겁먹은 눈치가 아니었다.

"숫자는 이쪽이 압도적으로 위다!"

특히나 알렉산더는 아주 신이 났다.

주먹을 들고 이곳까지 닿는 목소리로 주위를 고무하고 사기를 올렸다.

분명히 숫자는 토벌대가 많다.

하지만 여기는 숲속이고, 스펠드족이 있다. 오히려 우리가 유리하기까지 하다.

모두 검을 뽑고 명확한 적의를 띤 눈으로, 계곡 너머에 있는 스무 명 이하의 우리를 노려보았다.

알렉산더도 등에서 검을 뽑았다.

"내 이름은 북신 칼맨 3세 알렉산더 라이백! 나를 따라서 함께 영예를 쟁취하는 것이다!"

"......!"

그리고 알렉산더는 소리치면서 현수교 위를 달리기 시작했다.

그 모습을 본 산도르가 짧게 외쳤다.

"지금입니다!"

다음 순간 내 팔이 움직였다.

스톤 캐논을 발사했다.

스톤 캐논은 똑바로 날아가서 현수교의 시작점을 파괴했다.

루이젤도 움직였다. 그들은 다리 바로 앞에 있었다. 다리를 연결하던 넝쿨을 새하얀 창으로 양단했다.

"아아앗?!"

모두가 그것을 아연하게 바라보았다.

떨어지는 다리. 그리고 다리와 함께 나락으로 떨어진 북신 칼맨 3세를.

멍하니 바라볼 수밖에 없었다.

소리친 산도르마저도 아연한 모습이었다.

설마. 설마. 그럴, 그럴 리가…. 아니, 하지만 이 높이에서 떨어졌다면 살아날 수 없다.

…알렉산더라면 괜찮을까. 하지만 살아도 한동안은 올라올 수 없겠지.

"……이, 일단은 한 명?"

그 말에 환성을 올리는 자는 없었다. 비난하는 시선을 보내는 이도 없었다. 모두가 지금 눈앞에서 일어난 광경에 시선이 못 박힌 느낌이었다.

…지금이 기회다.

나는 두 손에 마력을 담았다. 지금 이 기괴에서 공색할 수 있는 인간은 그리 많지 않다.

하자.

왼손을 하늘로 들었다. 막대한 마력을 하늘로 보내 먹구름을 만들었다. 미쳐 날뛰는 마력을 오른손으로 눌러서 압축. 떨어뜨린다.

"라이트닝!"

굉음을 울리면서 벼락이 떨어졌다.

시야가 하얗게 물들고, 한 발 늦게 굉음이 퍼졌다. 절벽 건너편에 흙먼지가 일었다. 나무들이 불길에 휩싸이고 요란스러운 소리를 내며 쓰러졌다.

피해를 얼마나 줬는지는 모른다.

다만 느낌은 있었다.

손이 떨릴 정도의 느낌. 사람을 죽인 감촉. 그걸 꾹 참고 나는 다시 한번 두 손에 마력을 담았다.

"한 방 더…."

그렇게 생각했다. 다음 순간. 흙먼지에서 뭔가가 튀어나왔다.

붉은 덩어리.

멀리서 보니 소리 없이 둥실 떠오르는 듯한 도약. 하지만 그 속도와 질량은 압도적이었다.

순식간에 붉은 덩어리는 육박하고 착탄했다. 착탄이라고밖에 표현할 말이 없었다.

포탄이 떨어진 듯한 소리와 흙먼지가 일었다.

착탄 위치는 우리의 오른쪽. 흙먼지 안에서 두 남자가 모습을 보였다.

"……."

붉은 피부의 귀족과 40대의 인간.

귀신 마르타와 전대 검신 갈 파리온.

두 사람이 계곡을 뛰어넘은 것이다. 멀리뛰기로 100미터 점프. 역시나 칠대열강이라고 해야 할까.

"자… 내 상대는 누구지?"

사납게 웃는 늑대.

나와 상대할 때의 그 김빠진 느낌과는 다르다. 지금 그는 명확한 살의와 각오를 띠고 여기에 있다.

그 허리에 있는 것은 빛나는 코등이의 한 자루 검.

마검이겠지. 내 등의 장갑에 가로막혔던 것과는 레벨이 다르다. 무심코 내 등에 식은땀이 흘렀다.

"나야."

당연하다는 듯이 앞으로 나선 자는 붉은 광견.

허리에 찬 것은 두 자루 검. 팔짱을 끼고 위풍당당한 자세로 갈 파리온의 앞을 가로막았다.

"그렇겠지. 그리고?"

"납니다."

내가 그렇게 말하자, 갈 파리온은 훗 하고 웃었다.

"뭐야, 진짜로 쌩쌩하군."

"덕분에 건재합니다."

"쳇, 그러니까 처음부터 목을 베는 게 좋다고 했는데."

그 투덜거림은 누굴 향한 걸까…. 기스겠지.

"……."

그리고 또 한 명. 이름은 말하지 않았지만, 내 옆에 녹색 머리를 하고 새하얀 창을 든 역전의 용사가 섰다.

또 세 명이다.

에리스와 루이젤드와 나. 셋이서 싸운다.

'데드엔드'의 재림이다.

3대1이지만 불평은 없겠지.

원래 나와 산도르가 알렉산더를 상대할 예정이었지만, 그런 바보 같은 짓을 하다가 떨어진 쪽이 잘못했다.

"……."

귀신 쪽은 산도르, 자노바, 도가가 맡는다.

귀신의 싸움은 육탄전이 될 거라고 들었다. 자노바와 도가는 파워 타입에게 무척 강하다.

북신 칼맨 2세인 산도르도 대형 적에게 익숙하다고 들었다.

궁합은 최고다.

이길 수 있다.

어쩌면 누가 희생될지도 모르지만, 그래도 이 두 사람을 이길 수 있다.

"하압!"

그렇게 생각한 순간이었다.

우리의 뒤에서 기합소리가 들렸다.

재빨리 돌아보자, 절벽에서 뭔가가 날아오르고 있었다.

뭔가가 아니다.

방금 전에 떨어진 흑발 소년.

"헉… 헉…."

그는 땀을 닦으면서 검을 하늘로 드높게 들었다.

연극조의 말로 그는 선언했다.

"내 이름은 북신 칼맨 3세! 저주받은 악신 올스테드를 쓰러뜨리고 영웅이 될 자다! 그 길을 가로막는 자는 덤벼 봐라!"

설마… 설마 뛰어올라 왔나? 그 계곡 밑에서…?

아니, 절벽이라고 해도 완전히 수직은 아니다. 나도 마술을 쓸 수 있으면 도중에 멈추고 바로 돌아올 수 있다. 아니면 저 검이라도 절벽에 꽂으면서 밑에서부터 뛰어서 올라왔나….

역시나 칠대열강이라고 해야 하겠지.

"…어쩔 수 없군요. 루데우스 님, 이 바보는 나와 당신이 상대하죠."

"예."

산도르의 말에 고개를 끄덕였다.

에리스와 루이젤드와 함께 싸울 수 없어서 아쉽지만, 어쩔 수 없다. 예정대로 간다.

"저 검을 조심하세요. 저건 세계 최강의 검입니다."

북신이 가진 검이라고 하면 단 하나다. 그 왕룡왕을 쓰러뜨렸을 때 만들어졌다는 전설의 대검.

'왕룡검' 카작트.

"…왜."

하지만 그 소유주는 검을 든 채, 놀란 얼굴로 이쪽을 보고 있었다.

"왜 여기에 있지?"

북신 칼맨 3세.

알렉산더 라이백은 떨리는 목소리로 나를 보았다.

후후, 계곡 밑바닥에 떨어졌는데 죽지 않았을 뿐만 아니라 돌아온 게 그렇게 신기한가? 기스에게 생존 소식을 들은 모양인데, 믿지 않았나 보군.

히지만 세곡에 떨어진 것은 생존 플래그고….

어라?

나를 보는 게 아닌가?

알렉산더의 시선은 내 뒤를 향하고 있었다.

산도르다. 그를 보고 있다. 뭐, 그렇겠지만.

"아버지!"

그 외침이 싸움의 신호였을까, 아니면 시간 문제였을까.

"우오오오오오오!!!"

다음 순간 귀신 마르타가 포효하면서 위로 높이 들었던 두 손을 지면에 꽂았다.

대지가 융기하고 계곡이 무너지고 나무들이 쓰러졌다.

그 충격에 휩쓸리듯 싸움이 시작되었다.

제4화 광검왕 vs 전대 검신

에리스 일행은 어느 틈에 계곡과 멀리 떨어져 있었다.

귀신이 움직인 다음 순간, 갈 파리온이 전장에서 멀어지도록 달렸기 때문이다.

"이 근처가 좋을까."

"……."

갈이 멈춘 곳은 숲속에서도 다소 트인 장소였다.

약 1분. 하지만 갈의 다리는 빨라서 계곡에서 꽤나 멀어졌다.

에리스는 루데우스와 거리가 벌어져 조금 불안해졌지만, 곧 눈앞의 적에게 의식을 집중시켰다.

"귀신은 날뛰기 시작하면 눈에 보이는 게 없으니까. 방해받는 건 사양이야."

갈은 그렇게 말하고 다시 에리스 쪽을 보았다.

"……."

하지만 검은 뽑지 않았다,

마치 너 따위는 맨손으로 충분하다고 말하듯이.

에리스의 눈으로 봐도 빈틈이 많은 자세였다.

반대로 에리스는 애검 '봉아용검'을 대상단세로 들고 있었다.

하지만 눈앞에 있는 자는 전대 검신이다. 에리스는 그 틈을 공격해야 할지 말아야 할지 결단을 내리지 못했다.

"…너 잘 지냈나 보군."

의외였다.

의외로 갈은 말을 했다. 아니, 갈도 인간. 말을 하는 것은 이상하지 않다.

하지만, 그래도, 이런 상황임에도 불구하고 이 남자가 검이 아니라 대화를 하려는 것이 에리스에게는 의외였다.

"……."

의아한 마음으로 고개를 갸웃거린 에리스에게 갈은 가볍게 웃어주었다.

"지노를 기억하나? 지노 블리츠."

"…그래. 눈에 별로 안 띄는 녀석이었어."

대답을 들은 갈은 또 웃었다.

"그래. 나이와는 달리 강했지만, 별로 눈에 안 띄는 그 녀석."

갈은 그렇게 말하고 하늘을 보았다.

바람으로 나무가 흔들리고, 나뭇잎들이 서로 스치는 소리가 들렸다.

새나 동물들의 기척은 없었다.

다만 멀리서 나무들이 쓰러지는 소리나 뭔가가 터지는 소리 같은 게 들렸다.

귀신, 혹은 북신이 싸우는 소리겠지.

그 소리에 실려서 갈의 말이 흘러왔다.

"지금은 그 녀석이 검신이다."

"…알아."

"그래. 알고 있었군…. 의외로 소문에 밝군. 아니, 실제로 만나러 가기라도 했나? 뭐, 아무튼 그렇게 되었다. 나는 녀석에게 검신의 자리를 넘겼다."

에리스는 눈앞의 남자를 동료로 끌어들이기 위해 루데우스와 함께 검의 성지에 갔을 때의 일을 떠올렸다.

그때 지노 블리츠와는 만나지 못했다.

그러니까 검신 갈 파리온이 지금 검신이 아니라고 해도 에리스는 별로 실감이 들지 않았다.

다만 기억하는 것은 검의 성지가 마치 전혀 모르는 장소 같아서, 적잖이 쇼크를 받았다는 정도였다.

"그 녀석, 대체 뭐였지. 갑자기 니나와 결혼하겠다는 소리를 하고. 그래서 니나와 결혼하고 싶으면 나보다 강해지라고 했더니… 갑자기 강해졌다."

그렇게 말하는 갈은 사실 유쾌해 보였다.

입 끄트머리를 올리고 히죽거리면서 당시의 일을 떠올리고 있나.

"순식간이었다. 그렇게 빠르고 무거운 검은 내가 젊었을 때에도 한 번이나 두 번… 아니, 나보다 위였을지도 모르지."

갈은 뭔가 떠올린 것인지 손을 허공에서 부웅 하고 휘둘렀다.

충격파마저 발생할 정도의 속도로 휘두른 손. 그 손을 되돌리려다가 우뚝 멈추었다.

"내가 칼을 두 번도 휘두르지 못했단 말이야? 이게 대체 무슨 소린지."

그리고 팔짱을 꼈다.

"태어났을 때부터 최강이던 나는 모르겠지만, 역시 보통 녀석에게는 그런 순간이 있겠지. 한꺼풀 벗는 순간이…."

다시 힌빈 하늘을 올려다보며 갈은 말했다.

아니, 이제 최강은 아닌가? 라는 말을 중얼거리면서.

"어찌 되었든 녀석은 탐내던 것을 모두 손에 넣었다. 반한 여자와 검신의 자리… 지금 검의 성지에선 모두가 녀석을 인정한다. 검신이라고 하면 지노를 뜻하는 시대도 그리 머지않았지."

그리고 갈은 에리스를 보았다.

간신히 그녀를 정면에서 시야에 넣었다.

"그에 비해 너는 뭐지?"

"…뭐가?"

"남자가 생기더니 적이었던 용신 올스테드에게 꼬리를 흔들고 있고."

갈 파리온은 웃었지만, 미소는 없었다. 분노가 담겼다고도 할 수 있는 얼굴로 에리스를 노려보았다.

"나는 너에게 맡겼다. 용신 올스테드라는 절대적인 뭔가를 타도하는 꿈을 말이지."

"지금 생각해보니 웃기는 짓이었지. 왜 그런 일을 너 같은 자에게 맡겼지?"

"완전히 이빨이 다 빠졌군. 흥, 뭐가 광검왕이냐. 너의 어디가 그랬지? 남자를 손에 넣은 건 좋다고 쳐도, 셋째 아내? 그런 걸로 만족했나?"

연이어서 날아오는 말.

하지만 에리스는 제대로 듣지 않았다. 그러니까 뭐? 라고밖에 할 말이 없었다.

알 바 아니다. 너에게 뭔가를 맡은 적은 없다.

고로 에리스는 이렇게 대답했다.

"…너는 겁쟁이가 되었네."

검신의 눈동자가 오므라들었다. 살기가 응축되어 팔로 향했다.

"너는 파문이다."

"아무래도 좋아."

"검왕이란 소리는 두 번 다시 못 하게 해주마."

"힐 ┠ 있으면 해봐."

에리스는 이미 임전태세였다.

오히려 왜 지금까지 이런 말장난을 하고 있는 건지 의문스럽기까지 했다.

"이길 수 있다고 생각하나?"

"당연하잖아. 너 같은 피라미, 일격으로 저 세상으로 보내줄게."

"흥… 피라미 소리를 들은 건 인생에서 두 번째군."

갈 파리온은 자세를 잡았다.

다리를 벌리고 허리를 낮추고 칼자루에 손을 대고, 검을 숨기듯이 자세를 잡았다. 발도의 자세.

저 검왕 길레느 데돌디어가 특기로 삼은 필살의 자세를.

"……"

에리스는 그 모습을 보고 어금니를 악물었다.

검신류는 일단 빠르고 무거운 검을 날리는 것을 주류로 삼는 검술이다.

하지만 세 가지 자세가 있다.

하나는 중단세. 어떤 이치에도 대응하는 검신류의 기본 자세.

또 하나는 상단세. 상대의 이치를 무너뜨리고 계속 앞으로 돌진하는 자에게 어울리는 공격형 자세.

마지막이 발도술. 상대의 이치를 간파하고 후각으로 최선의 타이밍을 잡아내는 자에게 어울리는 방어형 자세.

즉, 이치를 간파하는 자는 발도술을, 이치를 무너뜨리는 자는 상단세를, 어느 쪽에도 특화되지 않은 자는 중단세를 취한다.

천성의 리듬감을 가지고 상대의 거리를 적극적으로 무너뜨리는 에리스는 상단세가 특기다.

수족으로서 후각이나 청각, 직감과 반사신경이 뛰어난 길레느는 발도술이 특기다.

"……."

갈 파리온이 취한 것은 발도 자세였다.

전대 검신은 어느 자세로도 싸울 수 있지만, 지금 상황을 보고 발도를 택한 것이다.

에리스의 이치를 읽을 수 있다고 판단한 것이다.

그것을 알고 있으면서도 에리스는 두려워하지 않았다. 말없이 가느다랗게 숨을 내뱉으면서, 슬금슬금 거리를 좁혔다.

그 순간 갈은 위화감을 느꼈다.

에리스가 이상하게 조용했다.

검의 성지에 있을 무렵에는 '광견'이라는 이름처럼 이빨을 드러내고 우직하게 돌격해 오던 에리스가… 공격하지 않는다.

다만 벼하지 않은 것도 있다.

표정이다. 에리스는 미소를 짓고 있었다. 기분 나쁘게 싱글싱글 웃으면서, 하지만 수행승처럼 영롱한 분위기를 띠고 서 있었다.

그 표정을 보고 있으면 왠지 내가 공격하고 싶을 정도로.

하지만 갈은 먼저 공격할 생각이 없었다.

그저 나무를 등지고, 시간이 멈춘 것처럼 그 자세로 기다렸다.

"……"

"……"

기이한 광경이었다.

특히나 두 사람을 아는 자가 보면 한층 더 기이하게 비쳤겠지. 에리스도 갈도 먼저 공격하려 드는 것이 특기인 검술가다 그렇지 않으면 검신류에서 위로 올라갈 수 없다.

하지만 움직이지 않는다.

눈처럼 흩날리는 나뭇잎만 시간이 정상적으로 흐르고 있다고 말해 주었다.

이 광경을 보고 그때와 똑같다고 생각하는 자도 있겠지.

이를테면 방금 전의 대화에서 언급된 인물, 지노 블리츠.

그는 본 적이 있다. 검신류가 정지상태가 되는 싸움을.

그래, 몇 년 전. 에리스가 검왕이 된 그날.

에리스 그레이랫과 니나 파리온과의 싸움이다.

움직이지 않는다.

두 사람 다 움직이지 않는다.

어쩌면 레벨 높은 검신류 사이의 싸움이라면 이렇게 정지하는 게 당연하다는 듯이 움직이지 않는다.

아니, 움직이고 있다.

에리스는 슬금슬금, 손가락 한 마디 정도의 거리지만 간격을 좁히고 있었다.

지금은 한 걸음 내딛고 검을 휘두르면 아슬아슬하게 닿는 거리. 에리스의 사거리다.

하지만 이 거리는 멀다. 필살에는 못 미친다. 최고의 일격을 날리기엔 다소 부족하다.

"……."

에리스와 니나의 싸움에서는 먼저 움직인 쪽이 졌다.

완벽한 '빛의 칼날'을 쓴 니나에게 에리스는 속도로 그것을 웃돌았다.

갈 파리온이라면, 아무리 그래도 검신으로 불렸던 남자라면 에리스의 움직임을 뛰어넘는 것은 간단하다.

교묘하게 에리스의 사거리를 벗어나서 아주 조금만 자기 검이 먼저 닿도록 조정하는 것도 가능하다.

하지만, 하지만. 갈 파리온은 계속해서 꿈쩍도 하지 않았다. 거리를 좁히는 짓도, 각도를 바꾸는 짓도 하지 않았다. 그저 움직이지 않고 에리스의 움직임을 지켜보았다. 이 세계에는 에리스밖에 없는 것처럼, 에리스의 움직임만을.

이윽고 에리스가 필살의 거리에 들어갔다.

가장 자신 있는 최고의 공격을 날릴 수 있는 위치에 섰다.

"……."

에니스의 안에 작은, 정말로 작은 망설임이 생겼다.

갈 파리온에게 틈은 없다. 하지만 지금 이 자리에서 '빛의 칼날'을 날리면 아무리 전대 검신이라고 해도 쓰러뜨릴 자신이 있다.

하지만 상대는 갈 파리온이다.

검의 성지에 도달한 그날, 그 굴욕의 순간을 떠올렸다. 아무것도 보지 못한 채로 갈 파리온의 공격에 날아갔던 그 순간.

"……!"

다음 순간 갈 파리온이 움직였다.

허리를 몇 밀리비터 정도 낮추고 칼자루를 쥔 손에 힘이 들어갔다.

에리스는 그 동작에 낚인 듯이 움직였다.

움직이고 밀았나. 완벽한 동작에서 필살의 일격으로.

"빛의 칼날."

세계 최고의 검술이 나왔다.

하지만 그 순간 에리스의 눈은 보고 있었다. 갈 파리온의 손이 칼자루를 역수로 쥐고 있던 것을.

그것은 받아치기 기술이 아니었다. 하지만 틀림없이 '빛의 칼날'이었다.

에리스가 지금까지 본 적 없는 '빛의 칼날'이었다.

"수신류 오의 '유'."

에리스의 손에 미끈 하는 감촉이 남았다.

대상단세에서 날린 에리스의 '빛의 칼날'은 요격하듯이 날린 갈의 신속한 검과 부딪쳐서 궤도가 변했다.

갈의 뒤에 있던 나무가 대각선으로 양단되었다.

검과 검이 떨어지기 직전, 갈이 약간의 압력을 가하면서 에리스의 상체가 아주 살짝 기울어졌다.

에리스는 칼을 휘두른 그 자세 그대로 균형이 무너졌다.

그걸로 충분. 갈의 눈동자에 무방비한 에리스의 목이 비쳤다.

칼을 되돌리면서 일격.

익숙지 않은 다른 유파의 오의를 쓴 대가인지, 그 속도는 결코 빠르지 않았다.

그 속도는 빛에 달하지 않는다. 기껏해야 음속 정도.

하지만 이 거리, 이 간격.

사람을 하나 죽이는 데 '빛의 칼날'은 필요 없다. 그저 목을 벨 정도의 일격이면 된다.

단두대처럼 칼날이 떨어졌다.

날카로운 소리가 났다.

키잉, 이나, 까앙, 이라고도 할 수 있는, 금속이 맞부딪치는 소리.

검은 멎어 있었다. 에리스의 목에 파고들면서도 멎어 있었다.

갈의 눈이 크게 벌어졌다.

어느 틈에 에리스의 뒤에는 한 남자가 있었다.

녹색 머리에 새하얀 창을 든 전사가 있었다.

에리스의 뒤에 숨듯이 서 있던 그가 수호령처럼 갈의 검을 받아세우고 있었다.

혹시 지금 일격이 빛의 칼날이었다면.

갈이 잠깐 그렇게 생각한 순간.

"아아아아아아!"

몸을 틀면서 오른쪽 허리에서 뽑은 에리스의 검이 갈 파리온의 몸을 후렸다.

"…큭!"

순간적으로 갈 파리온은 뒤로 몸을 날렸다.

쿠웅 하고 착지했다.

"……."

하지만 착지한 다리에 상반신은 실려 있지 않았다.

갈 파리온의 상반신은 허공을 날고 있었다.

빙글빙글 3회전하고 지면에 떨어졌다.

★　★　★

갈 파리온은 자신의 하반신이 천천히 쓰러지는 것을 보았다.

자신의 패배를 보았다.

"으으, 제길…."

드러누운 채로 갈 파리온은 중얼거렸다.

보이지 않았다.

에리스의 뒤에 숨은 스펠드족이 보이지 않았다.

아니, 보이긴 했다. 보이긴 했지만, 신경도 쓰지 않았다. 이 정도의 상대라면 있든 없든 상관없다고 생각했다.

사실 루이젤드는 에리스의 '빛의 칼날'을 읽어낼 수 없었다.

너무나도 빠른 그 공격은 아무리 역전의 영웅이라고 해도 포착할 수 없었다.

하지만 갈의 두 번째 공격은 다르다.

그것은 빛의 칼날도 무엇도 아니다. 목을 베기에 충분할 정도의, 필요최소한의 속도와 힘을 담은, 안일한 참격이었다.

그래도 웬만한 전사라면 막을 틈도 없이 에리스의 목은 날아갔겠지.

하지만 거기에 있던 것은 루이젤드 스펠디아.

'데드엔드'라는 이름을 가지고 수백 년을 산 역전의 영웅.

보이지 않을 리가 없다. 막지 못할 리도 없다.

갈은 루이젤드를 얕보았다. 그리고 루이젤드를 신뢰하고 등을 맡긴 에리스도.

혹시 에리스에게 망설임이 있었다면, 루이젤드가 막아주리란 것을 한순간이라도 의심했으면.

갈 파리온의 도약은 늦지 않았겠지.

"왜 검신류의 기술을 쓰지 않았어?"

드러누워 쓰러진 갈에게 목에서 철철 피를 흘리는 에리스가 물었다.

한순간의 공방임에도 불구하고 그 이마는 땀으로 흠뻑 젖어 있었다.

"질 거라고 생각했다."

첫 공격부터.

에리스와 마찬가지로 대상단세를 잡고, 가장 빠른 '빛의 칼날'을 날렸으면 갈이 이겼겠지.

하지만 그러지 않았다. 그럴 수 없었다.

갈 파리온의 머릿속을 스친 것은 지노 블리츠와의 싸움의 기억이었다.

믿어 의심치 않았던 자신의 검.

믿어 의심치 않았던 자신의 기술.

그것이 너무나도 간단히 깨지고 패배했던 기억. 왼손은 부러지고 무참하게 도장에 주저앉은 그 순간. 주위의 시선. 내려다 보는 지노.

그것이 첫 공격으로 '빛의 칼날'을 날릴 마음을 둔하게 만들었다.

갈 파리온은 검의 천재다. 검신의 이름을 가졌지만, 수신류의 도장에 가면 수제 정도까지 올라갈 정도로 재기가 넘쳤다.

고로 수신류의 기술을 썼다. 이거라면 확실히 이길 수 있다는 자신감과 될 대로 되라는 마음이 있었다.

검신의 이름을 쓸 무렵이라면 그럴 수 없었다. 검신으로서 행동했다.

검신으로서 검신류의 기술을 써야 한다는 의무감 같은 게 있었다.

하지만 지금은 다르다.

보다 확실한 방법을 취하기 위해, 수신류의 기술로 '빛의 칼날'을 흘리는 것에 아무런 거리낌도 없었다.

그래서 말로 에리스를 도발하여 먼저 움직이게 했다.

검신이라고 불리던 시절의 자신이라면 절대로 하지 않았을 짓.

생각해보면 기스의 지시대로 루데우스의 팔을 베어 버린 것도 절대로 하지 않았을 짓이었다.

아마도 처음부터 뒤틀렸던 것이다.

지노 블리츠에게 졌을 때부터 어긋나 있었다.

갈 파리온에게 옛날 같은 자신감은 이미 없다. 옛날 같은 강함도 없다.

최강의 검사는 더 이상 존재하지 않는다.

"네 말처럼 나는 겁쟁이 피라미였던 거야."

갈은 변명을 하지 않았다.

자기 기량을 믿은 자가 이기고, 믿을 수 없었던 자가 졌다.

그저 그뿐. 그리고 싸움 전에 자신이 한 말은 얼마나 한심한가.

그런 소리를 지껄일 거면 얼른 공격이나 할 것을. 그래선 완전히 피라미, 에리스의 눈에는 술집의 주정뱅이 이하의 존재로 비쳤겠지.

올스테드와 싸워야만 한다, 이대로 끝낼 순 없다, 마지막으로 한 판 크게 벌이고 싶다… 그런 마음에 쫓겨서 기스의 제안에 넘어갔는데, 잘도 올스테드에게 도전하겠다는 생각을 했다.

그렇게 생각하니 자조의 웃음도 나오지 않았다.

"…뭘 했던 걸까."

에리스는 그런 그를 내려다보며 생각했다.

가엾다고.

그리고 뭐라 형용할 수 없는 슬픔이 솟구쳤다. 이것이 과거에 자신이 몸을 떨었던, 조금이나마 두려워했던 자의 말로인가 하는 마음이.

그래서 물었다.

"…남길 말은 있어?"

갈은 시선만 움직여서 에리스를 올려다보았다.

빨강머리 여자. 처음에 보았을 때부터 소질이 있다고 생각했다. 다듬어지진 않았지만, 길레느 이상의 소재라고 생각했다.

하지만 설마 자신을 죽일 상대라고는 털끝만큼도 생각하지 않았다.

계속 아래에 있는 존재라고 생각했다. 싸우면 언제든지 이길 수 있다고 생각했다.

"스스로를 위해서만 휘두르는 검은 순수하고, 순수한 검은 누구보다도 예리해진다. 인간은 변한다. 남을 위해 휘두르는 검은 강하지만, 그렇기에 남에게 좌우된다. 한 번 망설이면 그 후로는 그 망설임에 사로잡힌다. 검이 둔해진다. 내가 그렇군. 여자가 생기고, 자식이 태어나고, 제자를 키우고, 검신으로서 해야 할 일은 무엇인가… 그런 하찮은 생각에 사로잡혔더니 이렇게 둔해졌다."

갈은 흐려지는 의식 속에서 말이 새어나오는 것을 느꼈다.

전해야 할 말이 있었던 건 아니다. 남기고 싶은 말이 있었던 것은 아니다.

전부터 마지막 유언 같은 걸 생각했던 것은 아니다.

이런 곳에서 죽을 거라곤 생각도 하지 않았다.

그저 생각한 바가 입에서 새어나왔다.

"에리스. 역시 너는 좋군. 약해지지 않았다. 사로잡힌 것처럼 보이면서 자유롭다. 여전히 자유롭다."

갈의 입에서 핏덩어리가 쿨럭 하고 흘러나왔다.

갈은 그 피를 닦지도 않고 계속 쥐고 있었던 검을 에리스에게 내밀었다.

"…주마."

"받을게."

맥락 없는 행동.

하지만 에리스는 그것을 바로 받았다. 죽음이 지척으로 다가온 갈의 손은 무시무시하게 차가웠다.

하지만 칼자루는 뜨거웠다.

"하아…."

그걸 지켜본 갈은 숨을 내뱉었다. 이제 숨을 들이쉴 힘도 남아 있지 않았다.

"자유롭게 산 녀석이 강한 건, 좋구먼…."

팔이 땅으로 떨어졌다.

검신 갈 파리온이 죽었다.

"……."

에리스는 말없이 무릎을 꿇었다.

갈의 허리에서 칼집을 빼내서, 방금 받은 검을 거기에 넣고 허리에 찼다.

"후우…."

그녀는 크게 숨을 내뱉으면서 품에서 스크롤 하나를 꺼냈다.

초급 치유 마술 스크롤.

여차할 때를 위해서 받아 가지고 있던 것. 그것을 피가 철철 흐르는 목에 대고 마력을 보냈다.

상처는 순식간에 아물었다.

"…에리스."

"가자, 루데우스를 도우러."

"그래."

두 사람은 그렇게 짧게 말하고 발길을 돌려… 몇 걸음 걸었을 때 에리스는 멈춰 섰다.

돌아보았다.

무참한 사체가 된 갈 파리온을 보고 에리스는 주먹을 움켜쥐었다.

주문을 외웠다.

오래전에 이것만큼은 기억해야 한다는 루데우스의 가르침에, 길레느와 함께 몇 번이고 연습했던 마술을.

"…'파이어 볼'."

에리스의 손에서 날아간 불덩어리는 갈 파리온의 사체를 태웠다. 불길에 휩싸인 갈 파리온의 사체를 에리스는 끝까지 지켜보지 않았다.

발길을 돌려서 빠르게 그 자리를 벗어났다.

불길은 근처의 나무로 옮겨 붙어서 봉화 같은 연기를 내었다.

누구에게도 방해받는 일 없이, 자연스럽게 그 불이 꺼질 때까지 계속해서….

제5화 3세 vs 2세+α

귀신 마르타의 난동.

나무들을 쓰러뜨리고, 지면을 뒤엎고, 폭풍처럼 날뛰는 거대한 귀신. 그 여파에 밀려나듯이 우리는 전장에서 거리를 벌렸다.

녀석을 상대하는 건 자노바와 도가.

귀신은 단순히 파워 괴물이라고 했으니까 궁합은 좋다. 신의 아이인 자노바에게 파워로 이길 수 있는 녀석은 없고, 도가도 덤벼드는 상대에게는 강하다. 걱정은… 아마 안 해도 되겠지.

물론 나도 남 걱정이나 하고 있을 때가 아니다.

눈앞에 선 것은 칠대열강 제7위. 북신 칼맨 3세.

알렉산더 라이백.

나를 계곡 밑에 떨어뜨린 둘 중 하나이기도 하다. 하물며 지금은 1식도 없고, 2식 개량형도 불완전.

방심하거나 봐주면서 싸울 수 있는 상대가 아니다.

일단은 선수필승.

진흙탕으로 시작해서….

"잠깐!"

그렇게 생각한 순간, 북신 칼맨 3세가 제지를 걸었다.

하지만 상대는 북신류. 기다리라고 해놓고서 기습해도 이상하지 않은 상대다.

나는 말없이 진흙탕을 설치. 이어서 스톤 캐논을 날렸다.

"싸우기 전에 잠깐 이야기를 하죠!"

녀석은 스톤 캐논을 튕겨냈다.

아니, 흘렸나?

아무튼 스톤 캐논은 허공에서 궤도를 바꾸어서 날아갔다. 게다가 녀석의 발밑에 진흙탕이 설치되었을 텐데도 그 다리는 가라앉지 않았다.

이게 북신의 힘?

아니, 아니다. 왕룡검의 능력에 대해서는 들었다.

"당신이 분노하는 건 당연합니다. 두 팔을 잘리고 계곡에 떨어졌으니, 당장이라도 싸우고 싶은 마음은 있겠죠. 하지만 잠깐만 기다려 주세요. 이야기가 끝나면 바로 상대해 줄 테니까. 당신 정도의 피라미라도 강자들이 이야기하는 동안 잠깐 기다리는 정도는 할 수 있겠죠?"

피리미…라고! 얕보고 있군. 갈기갈기 찢어 주마!

라며 화가 나지는 않았다.

분명히 칠대열강이 봤을 때 피라미라는 건 부정할 수 없다. 최근 꽤나 떠받들린 탓인지 오히려 신선할 정도다.

"……."

나로서는 기다리고 싶지 않다.

시간을 버는 게 목적일지도 모르고, 가능하면 빨리 이기고 다른 이들을 도우러 가고 싶다.

그렇게 생각하면서도 한 발 물러나서 산도르를 보았다.

알렉산더가 움직이지 않듯이 그 또한 움직이지 않았다. 그가 움직이지 않는다면 나 혼자서 이길 수 없다.

"어쩔 수 없군."

산도르는 어깨를 으쓱이면서 앞으로 나섰다.

"…그래서 무슨 일이지, 낯선 이여."

"낯선 이? 당신을 누구보다도 잘 아는 내가 낯선 이?"

"첫 대면이라고 생각합니다만?"

"나와 당신의 첫 대면은 내가 어머니 배에서 나왔을 때죠, 아버지."

산도르는 시치미를 떼려는 거겠지.

"아버지, 적당히 좀 하세요. 그렇게 못생긴 투구를 써도 안 다고요."

인신이 나를 엿보았다면 알렉산더도 알겠지.

"당신은 북신 칼맨 2세. 알렉스 라이백입니다!"

"알렉, 그런 건 내가 투구를 벗을 때 하는 말입니다."

그렇게 말하며 산도르는 한숨을 내쉬며 투구를 벗었다.

흑발의 중년. 알렉도 흑발이다. 다시 보니 두 사람은 많이 닮았다.

"네가 나를 쓰러뜨리고 '강한 상대였다. 마지막으로 얼굴이라도 봐 줄까'라고 투구를 벗겼을 때…."

"그런 건 됐어! 진즉에 죽은 줄 알았는데… 지금까지 뭘 했던 겁니까?!"

"…제자를 두면서 마음 가는 대로 무술을 가르쳤습니다. 키는 아슬라 왕국의 아리엘 폐하에게 감명을 받고 기사가 되었습니다만."

"제자? 이 검을 내게 맡기고 북신류를 버린 당신이 제자를 두었다고?!"

알렉의 얼굴에 분노가 떠올랐다.

두 사람 사이에 무슨 일이 있었는지는 모르지만, 산도르의 말이 그의 심기를 건드린 모양이다.

"알렉, 나는 딱히 북신류를 버린 게 아니야."

"거짓말, 지금도 검을 가지고 있지 않잖아!"

"으으음."

산도르는 자기가 든 봉을 들어올렸다. 금속으로 된 봉이다. 단순한 봉이라고 들었던 것 같은데, 무슨 특수한 능력이라도 있었을까. 없는 걸로 보이는데.

"이쪽이 강해질 거라 생각합니다만?"

"! 사람 놀리고 있어! 그런 막대기가 이 왕룡검보다 강하다고?!"

"그런 말이 아니야, 알렉. 그 검은 이 세계에서 제일 강하다. 그 사실은 그 검을 백 년 동안 계속 휘두른 내가 제일 잘 알고 있어."

"그럼 왜?"

"너무 강하단 말이야, 그 검은."

알렉산더의 질문에 산도르는 대답했다.

당연하다는 듯이. 당연한 일을 가르치듯이.

"그 검을 손에 들면 아무리 거대한 마물도, 아무리 민첩한 괴물도, 아무리 견고한 전사도, 상대가 안 돼. 나는 무수한 싸움에서 승리하고 영웅이 되었다."

산도르는 잠시 뜸을 들이고 가만히 알렉산더를 보았다.

"다만, 어느 날 문득 멈춰 섰을 때 생각했지. 나는 영웅이 되었다. 하지만 그 검을 손에 넣기 이전과 이후를 볼 때 하나도 변한 게 없지 않나. 과연 북신 칼맨 2세 알렉스 라이백은 정말로 강했던 걸까, 하고."

그 직후 산도르는 시선을 떨궜다.

"한 번 그렇게 생각하면 더 이상 이전처럼은 싸울 수 없어. 물론 지금까지 자신의 싸움이나 동료들을 부정할 생각은 없지만…. 영웅으로서의 나는 끝났다고 생각했지. 그러니까 네게

'영웅으로서의 북신'을 맡기고 나는 '북신 칼맨 1세의 가르침'을 퍼뜨리려고 생각했다."

나를 완전히 무시하고 진행하는 느낌이다.

잘은 모르겠지만, 아버지인 알렉스는 싸움에 질려서 그 상징인 검을 내려놓고 유파를 퍼뜨리려고 했다. 아들 알렉산더는 거기에 분노한 모양이다.

뭐, 무슨 뜻인지는 알겠다.

그렇게 무거운 짐을 갑자기 맡기고 아버지가 사라졌으면 분노할 만도 하겠지.

육아방치, 절대로 안 되는 짓이다.

"그 결과가 그 오베르, 그 기발파입니까?"

"그것도 북신 칼맨 1세가 보인 길 중 하나다."

"나는 기발파를 인정하지 않습니다. 그런 건 북신류가 아니야."

알렉산더는 심기가 상한 것을 숨기지도 않고 고개를 내저었다.

오베르라… 분명히 그 녀석은 검사가 아니었다. 어느 쪽이냐면 닌자다.

"에쵸에 검술도 아니잖아."

"북신 칼맨 1세는 검을 썼지만, 검에 집착할 필요는 없다고 가르쳤다."

"그러니까 그런 작대기나 휘두른다는 겁니까?"

"그래, 이거라면 내가 강해져가는 걸 실감할 수 있지. 그리고 성장을 실감하는 것으로 인간은 더욱 강해진다."

"…이해할 수 없어."

알렉은 불만인 모양이다.

그는 아직 젊을지도 모른다. 자기가 정한 것에 대해 부정할 수 없는 노릇이다.

"그래서 알렉. 반대로 묻겠는데, 너는 왜 여기에 있지?"

"나는 올스테드를 쓰러뜨리러 왔습니다. 용신을 쓰러뜨리고 칠대열강 제2위가 되는 겁니다."

"기고한 뜻이군. 네 아버지로서 자랑스러워."

산도르는 미소 지으면서 알렉을 칭찬했다.

산도르 씨? 자랑스러워하는 상황에 미안하지만, 당신은 우리 편이거든요?

갑자기 '그럼 돕지'라고 말하면서 적이 되는 건 아니죠?

"이번에는 내가 적이 되겠지만, 어디 멋지게 쓰러뜨리고 올스테드에게 도전해 봐라."

"당연합니다. 아무리 아버지가 상대라고 해도 나는 북신 칼맨 3세로서 부끄럽지 않은 명성을 손에 넣겠습니다."

부끄럽지 않은 명성이란 게 뭔데.

그치만 아버지나 가족이 위대하면 그쪽이 자꾸만 신경 쓰이기도 하겠지.

내 입장에서는 응원할 수도 없지만.

"그것뿐만이 아냐. 악마인 스펠드족을 전멸시킬 겁니다!"

"응? 스펠드족은 악마가 아니야. 너도 마을에 와서 봤잖아?"

고개를 갸웃거리는 산도르에게 알렉은 당연하다는 듯이 끄덕였다.

"그런 건 관계없습니다. 스펠드족은 악마로 유명하죠. 그걸 다 없애면 내 이름은 영원멸겁, 영웅으로 전해질 겁니다."

"그건 영웅이 할 짓이 아니지."

"그렇겠죠. 하지만 수단을 가리고 있을 수 없습니다. 그러지 않으면 아버지의 위업을 뛰어넘을 수 없습니다. 북신 칼맨 2세의 이름을 뛰어넘을 수 없습니다."

"내 이름을 뛰어넘는 게 영웅이 되는 길이라고?"

"그래!"

산도르는 힘없이 입을 벌리고 이쪽을 보았다.

그리고 고개를 숙였다.

"죄송합니다, 루데우스 님. 설득할 수 있을 거라고 생각했는데, 이 멍청이 아들놈은 내가 생각하는 이상으로 멍청이였던 모양입니다."

"…그런 모양이군요."

그는 아무래도 영웅이라는 단어에 희롱당하는 모양이다.

영웅다운 행동을 해서 영웅이 되려는 게 아니라, 그저 명성을 얻어서 칭찬을 듣고 싶은 것이다.

그건 아니라고 모두가 한 소리 하고 싶은 상태다. 잘 표현하긴 어렵지만 그건 아니라고 말이다.

"막죠."

"예."

산도르는 투구를 쓰고 봉을 들었다.

나는 그 후, 원호하듯이 두 팔을 펼쳤다.

알렉은 뚱한 얼굴인 채로 우리를 노려보았다.

자기 방식을 부정당해서, 한심하다는 얼굴로 부정하는 걸 봐서, 갈 곳 없는 분노가 몰아치고 있겠지.

"…그런 막대기와 미숙한 짐더미를 가지고, 왕룡검을 든 내게 이길 생각입니까?"

"그래, 물론이지. 따끔하게 혼을 내주마."

자신만만하게 말하는 산도르.

혼을 내주겠다는 말에, 알렉의 인내심이 드디어 바닥났다.

"얕보지 마라!"

북신 2세와 북신 3세의 싸움이 시작되었다.

"하아아아압!"

먼저 공격한 것은 알렉이었다.

대검을 가볍게 한 손으로 휘두르고 대각선으로 산도르를 베었다.

"오오오오!"

산도르는 그 압도적인 질량을 봉으로 흘려냈다.

알렉의 자세가 무너지고 무방비…가 되지는 않았다. 무시무시한 밸런스 감각으로 몸의 방향을 바꾸어서 다시 산도르를 공격했다.

산도르는 그걸 예견한 것처럼 움직였다.

회전하면서 폭풍처럼 공격하는 알렉을 또다시 피했다.

그리고 피하면서 지레의 원리를 이용하여 알렉의 다리를 후렸다.

알렉은 거기에 자세가 무너…지지 않았다.

알렉의 몸은 산도르를 뛰어넘듯이 떠올라서, 그리고 완전히 불가능한 속도로 지면에 내려섰다. 말도 안 되는 움직임이다.

하지만 알고 있다. 이게 마검 왕룡검 카작트의 능력.

중력 조작.

"으랴아아아아!"

하지만 산도르는 거기에 대응했다.

등을 돌린 채로 왕룡검의 일격을 피하고, 피하고, 피했다. 그러면서 차츰 방향을 바꾸어서 알렉과 마주보았다.

알렉의 일격은 그렇게 쉽게 피할 수 있는 게 아니다.

한 걸음 딛을 때마다 지면이 파이고, 참격의 충격파는 주위의 나무를 쪼개고 우지직 소리를 내며 쓰러뜨리기 시작했다.

발생한 진공파는 다소 떨어진 곳에 있는 내 뺨을 벨 정도다.

하지만 그 일격이 산도르에게 닿는 일은 없었다.

은퇴했다고 해도 북신인가. 전혀 위험하단 느낌이 없이 알렉의 참격을 계속해서 피했다.

중력을 조종하는 알렉의 움직임은 한없이 자유롭고, 아크로바틱하고, 예측할 수 없다.

산도르도 움직이지 않는 것은 아니다.

언뜻 봐선 전혀 움직이지 않는 것 같지만, 흔들리듯이 몸을 조금씩 이동시켜서 유리한 포지션을 차지했다.

이것이 북신류끼리의 싸움인가.

스피드가 그리 빠른 건 아니다.

에리스나 올스테드와 훈련을 한 성과인지 움직임은 보였다.

보이긴 하지만, 그 밀도가 너무 높아서 예측을 할 수가 없고 끼어들기 어렵다.

"우오오오오오!"

"하아아아아아!"

그렇긴 해도 이놈들, 시끄럽네.

그렇게 생각할 틈은 없었다. 나는 호흡을 가다듬고 두 사람의 모습을 잘 보았다. 팽팽하다면 내가 끼어드는 것으로 전황은 기운다.

두 사람의 움직임은 예견안으로도 예측하기 어렵다.

하지만 알렉은 몰라도 산도르의 움직임은 알겠다.

최소한의 움직임이라서 알렉과 비교하면 예측하기 쉽다.

패턴이 있다.

오른쪽으로 가고, 왼쪽으로 가고. 상대가 바로 뒤에 올 때는 이런 흐름으로….

"거기다!"

스톤 캐논을 날렸다.

스톤 캐논은 쿠웅 소리를 내며 똑바로 날아가서 알렉에게 착탄했다.

아니, 똑바로는 아니다. 직격도 아니다.

구부러졌다. 알렉의 갑옷을 일그러뜨렸지만, 그 표면을 미끄러져서 숲 안쪽으로 사라졌다.

하지만 알렉의 자세는 기울었다.

"하압!"

그 틈을 놓치지 않고 산도르의 일격이 알렉의 명치에 꽂혔다.

"큭!"

하지만 알렉은 신음소리를 내면서도 도약. 똑바로 이쪽을 향했다.

빠르다!

"피라미는 방해하지 마!"

〈날카롭게 파고들어서 대각선으로 참격〉

예견안으로 보면서 남아 있던 팔토시로 흘렸다.

"윽…."

막아낸 순간 엄청난 중량이 다리에 걸렸다.

토시가 쪼개지고 무릎을 꿇었다. 왼손이 날아간다….

라고 생각했지만, 검은 팔이 와득와득 소리를 내면서 검을 받아 흘렸다.

튼튼하네, 아토페 핸드.

"그 팔…! 설마 할머님의?!"

"일렉트릭!"

다른 쪽 손에 모았던 마력으로 일렉트릭을 날렸다.

전격이 알렉의 몸을 훑었다. 이어서 이 거리에서 얼굴에 스톤 캐논을 먹여주려고 왼손에 마력을 모았다.

"으랴아아아아!"

하지만 알렉의 움직임은 멈추지 않았다.

허리를 뒤로 젖혀서 내 스톤 캐논을 피하고, 다리 하나로 회전하면서 내 다리를 향해 칼을 후렸다.

재빨리 뛰어서 회피.

하지만 그때 이미 알렉은 자세를 회복하고 있었다.

내 목을 양단하는 일격이 날아온다.

"하아아압!"

그 직전에 산도르가 알렉의 옆에서 끼어들어서 봉으로 찔렀다.

알렉은 빙글빙글 돌면서 옆으로 날아가서… 하지만 가볍게 중력을 무시하는 궤도로 지면에 내려섰다.

"…후우."

언뜻 봐선 대미지가 없어보였다.

일렉트릭도 별로 안 통한 모양이다.

검의 힘일까. 아니면 갑옷의 성능일까. 혹은 그냥 허세일까. 단련이 다른 걸까. 아니면 몸의 구조부터가 다른 걸까. 뭐가 있다고 해도 이상하지 않다.

"너무 살살 싸웠나. 조금 더 힘을 쓸까…."

알렉은 라운드를 하나 빼앗긴 격투 게임 게이머 같은 말을 했지만, 상황은 나쁘지 않다.

이런 식이면 못 이길 것도 없다. 산도르가 앞에서 싸우고 내가 원호한다.

그때마다 일격씩 먹이면 언젠가 쓰러뜨릴 때는 오겠지.

북신 칼맨 3세. 강한 상대이긴 하지만, 산도르도 강했다.

양쪽이 팽팽하다면 내가 끼어드는 것으로 이긴다.

짐더미가 아냐!

"안 좋군요."

그렇게 생각했는데, 산도르의 말은 그렇지 않았다.

거짓말이지? 우세한 거 아냐? 산도르에게 대미지는 없다.

나는 지금 공방으로 자리프의 토시가 깨졌지만, 아토페 핸드는 그와 동등 이상의 성능을 가졌다.

아직 할 수 있다.

"녀석은 이 다음에 올스테드 님과 싸우기 위해 힘을 아끼고 있습니다. 점차 힘을 내보이겠죠."

으으, 제길.

정말로 살살하고 있었던 거냐. 진짜로 나를 피라미로 보았던 모양이다.

"록시 님은 얼마나 더 걸릴까요?"

"모르겠습니다."

준비가 되는 대로 알려준다고 했는데, 이미 반나절이 지났다. 슬슬 되었을 것 같지만.

에리스와 자노바가 돌파당해서 록시 근처까지 유린당한 게 아니라면.

"내가 알던 무렵보다 꽤 강해진 모양입니다. 이거 너무 큰소리를 쳤던 걸지도 모릅니다."

산도르가 자신 없는 눈치로 그렇게 말했다.

그런 소리 말고 힘 좀 내줘요. 열심히 원호할 테니까. 짐더미가 안 되게 힘낼 테니까. 아예 헬륨 풍선처럼 당신을 가볍게 만들 테니까. 중력을 조작할 수 없으니까 마음뿐일지도 모르지만.

"아무튼 시간을 벌죠."

"아, 알겠습니다."

짧은 대화 후에 산도르가 돌진했다. 알렉 또한 호응하듯이 달려왔다.

"우오오!"

"으랴아아아!"

그리고 또 맞붙기 시작했다.

하지만 산도르의 말이 옳았다. 언뜻 봐선 변한 걸 찾아볼 수 없지만, 산도르가 참격을 흘리기 힘겨워졌다. 공격을 받을 때마다 조금씩 자세가 무너졌다. 알렉이 날리는 참격의 레벨이 변한 것이다. 겉보기로는 변함없지만, 아마도 무게가.

산도르가 열세가 되면, 내 스톤 캐논도 직격시킬 수 없다.

흘려내든가, 튕기든가, 피하든가.

그런 일이 많아진다.

"……."

나는 스톤 캐논을 날리길 포기했다.

대신 마술을 써서 흙을 조종했다. 일단 저 뿅뿅 뛰어다니는 변칙적인 공중기동을 막는다. 그러면 산도르도 조금 편해지고, 취할 수 있는 전술의 폭이 넓어진다.

그 결과 나의 스톤 캐논도 적중하게 될 것이다.

그걸 위해서.

"어스 랜서!"

두 사람 주위를 에워싸듯이 사방에 흙기둥을 만들었다.

그리고 또 거기에.

"어스 네트!"

산도르의 머리 위, 약 50센티미터 위에 흙의 그물을 만들었다. 머리 위를 막으면 저 변칙적인 도약은….

"짜증난다!"

단숨에 박살났다. 안 되나.

"왜 그러죠, 아버지! 그 정도입니까!"

이런. 산도르가 점점 몰리고 있다.

기술의 차이가 아니다. 틀림없이 무기의 차이다. 왕룡검의 일격이 날아올 때마다 산도르의 봉이 점점 휘어졌다.

다급히 스톤 캐논으로 원호하지만, 역시나 궤도가 어긋났다. 나를 나중에 처리하기로 했는지, 다소 정도가 아니라 완전히 무시하고 있다.

이래서는 시간도 못 벌겠다.

슬금슬금 밀리다가 진다.

"하아아아아!"

그때였다.

알렉의 옆에서 그림자 하나가 혜성처럼 날아들었다.

빨강머리를 가진 그 여자는 두 손으로 든 검을 혼신의 힘으로 알렉에게 후려쳤다.

알렉은 그것을 받아냈지만, 산도르의 일격도 있어서 뒤로 날아갔다.

거기에 붉은 검사가 추격을 가했다. 알렉이 중력을 무시한 착지를 한 뒤, 즉시 대검을 휘둘렀다.

붉은 검사는 거기에 대응할 수 없었다.

"흡…!"

하지만 그 후. 그림자처럼 따라오던 녹색 전사가 참격을 흘렸다.

"하아아아!"

광견이 울부짖었다. 목덜미를 향한 일격은 눈에 보이지 않는 뭔가에 어긋나고 말았다.

검은 어깨 부근에 꽂혔지만, 의외로 튼튼한 갑옷이 일격을 막아서 긁힌 상처로 끝났다.

광견은 너무 깊게 파고들지 않았다. 공격에 실패한 것으로 보고 뒤로 뛰어서 물러났다.

그 직후, 그녀가 있던 자리를 대검이 훑어서 머리카락 몇 올을 베어 버렸다.

거리가 벌어졌다.

빨강머리와 녹색 머리가 내게 등을 보이며 섰다.

"루데우스, 기다렸지!"

에리스는 힐끗 이쪽을 보고 그렇게 말했다.

루이젤드는 돌아보지 않았지만, 제3의 눈으로 내 안부를 확인해 주었겠지.

두 사람이 도우러 와 준 것이다. 혹시 내가 소녀였으면 단숨에 반했겠지.

안이 뭐! 마음내토 해 쉬!

"그럴 수가….."

내가 소녀가 되었을 때, 알렉은 놀란 표정이었다.

아니, 쇼크를 받았다고 해야 할까.

"설마 갈 파리온이 당했습니까?"

확인을 위해 루이젤드를 보자 그는 끄덕였다.

진짜냐. 에리스, 루이젤드, 둘이서 싸웠다고 하지만 검신을 쓰러뜨렸나.

"아무리 검신의 자리를 물러났다고 해도 이렇게 간단히 당하다니…. 아무래도 나는 그 사람을 과대평가했던 모양이군요."

알렉은 오만하게 말하면서도 슬픈 얼굴을 하고 있었다.

생각해보면 나를 계곡에 떨어뜨릴 때도 이 녀석은 갈과 사이가 좋아 보였다.

"짧은 시간이었지만… 좋은 사람이었는데…."

알렉의 분위기가 변했다.

지금까지와 다르다. 적당히 싸운다는 분위기가 아니게 되었다.

"이런 둘 따위는 얼른 처리하고 함께 올스테드와 싸우자, 그렇게 생각했는데…."

알렉이 자세를 잡고 허리를 낮추었다.

뭔가가 온다.

압도적인 기운을 느끼고 에리스도, 루이젤드도 경계하면서 자세를 낮추었다.

하지만 이제 와서 실력을 다 보인다고 해도 이미 늦었다.

나와 산도르와 에리스와 루이젤드.

4대1이다. 아무리 최강의 검을 가진 칠대열강이라고 해도….

"오른손에 검을."

알렉의 오른손에 들린 검이 올라가서 그 끝이 하늘을 향했다.

"왼손에 검을."

알렉의 왼손이 칼자루를 잡았다.

양손으로 검을 쥐었다. 지금까지 한손으로 휘두르던 저 대검을 양손으로 들었다. 그것이 그의 진짜 전투 스타일일까.

"이런! 도망쳐요!"

산도르가 날카롭게 외치며 옆으로 도약했다.

하지만 늦었다.

"두 팔로 부른다. 모든 생명을 빼앗고 오로지 죽음을 부른다."

왕룡검을 대상단세로 든 알렉.

"내 이름은 북신류 알렉산더 라이백."

깨달았을 때는 몸이 떠 있었다.

나뿐만이 아니다. 에리스도, 루이젤드도, 옆으로 도약하려던 산도르도. 모두의 몸이 공중에 떠 있었다.

물론 주위에 떨어질 터인 나뭇잎이나 나뭇가지도, 모두 공중에 떠 있었다.

왕룡검의 중력 조작.

내려설 수도, 더 위로 이동할 수도 없다. 팔다리를 버둥버둥 움직여도 그 자리에서 도망칠 수도 없다.

완전히 무방비한 상태 속에서 알렉이 온몸에 힘을 넣는 게 보였다.

"지금이야말로 맹우의 원수를 친다!"

이런.

그렇게 생각했을 때는 몸이 멋대로 움직이고 있었다.

양손에 마력을 담아서 충격파를 날렸다. 에리스, 루이젤드, 산도르를 저 멀리로 날려 버렸다. 즉시 주위를 떠다니던 자리프의 의수 잔해를 긁어모아서 그 끝에 붙은 흡마석을 알렉에게 향했다.

검과 나 사이에 있던 뭔가가 수멸하고 지면에 차기.

나는 흡마석을 벗어 던지고 두 손에 마력을 전부 퍼부었다.

지금 대검을 내리치려고 하는 알렉을 향해….

"오의 '중력파단'."

폭음과 섬광.

……의식이 끊어졌다.

눈을 떴을 때는 나무 위에 있었다.

충격에 날아갔다고 깨달은 것은 다리가 부러졌기 때문이다.

다리 파츠는 산산조각이 났고, 다리가 이상한 방향으로 휘어 있었다.

다리뿐만이 아니다. 동체 파츠도 크게 깨졌고, 가슴 근처에서 주기적으로 고통이 일었다.

아마도 갈비뼈가 나갔겠지.

"쿨럭…. 헉, 헉."

기침을 하니 가슴이 아파왔지만, 목소리를 못 낼 정도는 아니다.

바로 치유 마술을 걸어서 치료했다.

"어디까지 날아온… 우옷?!"

몸을 일으키려고 했을 때, 나를 지탱하던 나뭇가지가 부러졌다. 뚜둑뚜둑 소리를 내면서 상당한 거리를 굴러 떨어졌다.

하지만 아직 지면에는 떨어지지 않았다. 상당히 높은 곳까지 날아온 모양이다.

그렇게 생각했을 때 지면이 보였다.

"……."

크레이터가 있었다.

직경 20미터는 될까 싶은 크레이터가 계곡 바로 옆에 출현해 있었다.

전에는 없었다. 지금 생긴 것이다. 아마도 지금의 일격으로.

"진짜냐."

고개를 돌려보았다.

스펠드족 마을 쪽에서 뭔가 빛나는 게 보였다. 익숙한 빛이다.

"저건… 우옷?!"

또 나뭇가지가 부러졌다.

가지에 부딪치면서 이번에는 지면까지 떨어졌다.

"아야야야…."

방금 치유 마술을 썼는데 또 다치고 말았다.

바로 다시 치유 마술을 걸어 치료했다.

어찌 되었든 상황을 파악해야 한다.

에리스는 어떻게 되었을까. 루이젤드는, 산도르는.

그리고 알렉은?

"!"

일어서사, 바로 눈앞에 사람이 있는 것을 깨달았다.

움찔 몸을 떨면서 자세를 잡았다. 하지만 눈앞의 인물은 적이 아니었다.

"산도르 씨!"

"루데우스 님… 내게도 치유 마술을 걸어 주겠습니까?"

그는 온몸을 다쳤다.

갑옷은 반파되고, 투구는 깨지고, 머리에서 피를 흘리고 있었다. 왼팔도 축 늘어진 모습이었다.

"예, 물론."

나는 그의 몸에 손을 대고 치유 마술로 상처를 치료했다.

"고맙습니다."

"에리스와 루이젤드는?"

감시의 밀도 건성으로 넘기고 나는 두 사람에 대해 물었다.

산도르도 이 정도니까 두 사람도 무사할 수 없겠지.

"경상입니다. 루데우스 님 덕분에 거리가 벌어진 게 다행이었죠. 치유 마술을 쓸 필요도 없을 겁니다. 물론 저쪽에 아직 기절해 있습니다만."

그 보고에 안도했다.

"그래서 북신 칼맨 3세는?"

"우리를 쓰러뜨린 뒤에 갈 길을 간 모양입니다."

"목숨을 끊지 않았던 겁니까?"

"방금 전의 기술은 북신류 최고의 필살기입니다. 그럴 필요도 없다고 생각했겠죠."

나를 계곡에 떨어뜨렸을 때도 그렇고, 마무리가 좀 대충인 모양이다.

덕분에 살았다고도 할 수 있지만….

하지만 우리를 통과했다. 올스테드에게 가 버렸다.

올스테드라면 싸워서 아마도 이기겠지. 그도 지금까지의 루프에서 왕룡검을 가진 알렉산더와 싸운 적 정도는 있을 것이다. 필요없는 루트라면 적극적으로 싸우려 하지 않았겠지만, 수신 레이다를 쓰러뜨렸을 때처럼 순식간에 쓰러뜨릴 게 틀림없다.

하지만 그 일격.

스펠드족 마을에는 다른 이들도 있다.

병에서 막 회복된 스펠드족과 줄리와 노른….

혹시 그들을 지키기 위해 그 검을 받아내거나 흘린다면, 올스테드도 상응하는 마력을 쓰게 되지 않을까.

지키는 싸움은 공격하는 싸움보다 어렵다. 혹시 올스테드가 모두를 지켜주지 않는다면 그건 모두의 죽음을 의미한다.

"산도르 씨, 아직 싸울 수 있습니까?"

"갈 생각입니까?"

"아직 끝나지 않았습니다. 방금 숲에서 빛을 보았습니다. 소환의 빛입니다. 록시의 준비가 끝났다면 이제부터가 진짜입니다."

그렇게 말했을 때 숲 안쪽에서 녹색 머리의 남자가 달려왔다. 두 사람. 양쪽 다 스펠드족 전사다.

루이젤드는 아니다. 그들은 우리의 모습을 보더니 바로 다가왔다.

"록시에게서 전달. 소환 성공입니다."

"좋아."

고개를 끄덕였다.

"그럼 나는 먼저 가서 시간을 끌도록 하겠습니다."

"무리는 하지 마세요."

"알고 있습니다."

짧은 대화 후에 산도르가 달려갔다.

"그쪽 분은 에리스와 루이젤드를 돌봐 줘요. 눈을 뜨면 도우러 와달라고 전해 주고."

"예!"

"당신은 안내를 부탁합니다."

"예!"

고개를 끄덕인 스펠드족에게 에리스와 루이젤드를 맡기고, 나는 다른 전사와 함께 록시에게 달려갔다.

나무뿌리를 뛰어넘고, 덩굴을 가르고, 똑바로 달렸다. 마도 갑옷이 깨진 탓에 속도는 별로 안 나온다…. 아니, 이미 기능을 잃은 건지 무겁다.

그래서 나는 도중에 마도갑옷 '2식 개량형'을 벗어던지고 가벼운 몸으로 달렸다.

북신 칼맨 3세는 뜻밖에도 강하다. 하지만 여기서 물러날 수는 없다.

여기부터가 진짜다.

"루데우스…!"

목적지에 도착.

거기에 록시는 없었다. 남아 있던 것은 스펠드족 전사와 엘리나리제뿐.

그럼 **예정대로**다.

"심한 몰골이네요…."

치유 마술로 상처는 치료했지만, 갑옷도 의복도 엉망이 된 나를 보고 엘리나리제가 눈을 동그랗게 떴다. 하지만 그녀는 곧 표정을 다잡았다.

"준비는 다 되었어요."

그녀의 뒤.

거기에는 즉석에서 그린 듯한 마법진이 있었다.

이미 빛을 잃은 마법진. 그것은 지룡의 계곡 밑에서 못 쓰게 된 스크롤 중 하나에 그려졌던 것과 같다.

스크롤의 제작자 이름은 록시 그레이랫.

그 마법진은 망가졌다.

마법진 위에 있는 거대한 갑옷의 무게에 망가졌다.

그 갑옷은 마도갑옷이다. 만에 하나, 싸우 도중에 마도갑옷 이 파괴될 것을 계산해서 복제해 둔 마도갑옷.

사무소의 무기고에 둘 곳이 없어서, 어쩔 수 없이 공방에 두 었던 것.

유일하게 사무소의 파괴를 피한 무기.

"마도갑옷 '1식'이에요."

자, 제2라운드다.

제6화   북신 3세 vs 데드엔드+α

1식을 가동시키고 북신을 쫓았다.

숲속에서 나무들을 피하고, 정신없이 북신을 쫓았다.

달리면서 몸 안의 마력을 대충 훑어보았다. 북신과의 싸움으로 소비하긴 했지만, 그 정도라면 1할도 쓰지 않았다. 마력에는 아직 여유가 있다.

하지만 방금 전부터 북신과 싸우는 동안 끊임없이 들리던 굉음이 들리지 않게 되었다.

자노바와 도가, 아무리 궁합이 좋다고 해도, 역시나 신급을 상대하는 건 무리였을지도 모른다.

무사히 있어 줘.

하지만 혹시 두 사람이 당했다면.

북신과 귀신. 이 두 사람을 상대로 싸워야 한다.

마력은 버틸까. 올스테드랑 싸울 때처럼 도중에 바닥나진 않을까.

아니, 지금이 중요하다. 나중 일은 나중에 생각하자. 눈앞의 일부터 하나씩 하는 거야.

일단은 제1목표.

북신 칼맨 3세.

내가 그 현장에 도착했을 때 산도르는 이미 진 상태였다.

나무에 기댄 채 주저앉아서 푹 고개를 숙이고 있었다.

손에 무기는 없다. 그 봉은 부러져서 근처에 굴러다니고 있었다.

그 모습을 내려다보는 자는 알렉산더. 북신 칼맨 3세는 선대를 압도하고 있었다.

"아버지, 언제까지 장난을 계속하려는 겁니까? 아시죠? 최소한 마검 클래스의 무기를 갖지 않으면 내게 못 이긴다는 걸."

산도르는 대답하지 않았다.

이미 기절한 걸까. 설마 죽은 건 아니겠지만.

"아니면 그것도 작전입니까? 죽은 척. 기발파는 다들 그걸 잘하죠? 무슨 수를 쓰든 이겨서 목적을 달성한다. 나도 그 자세는 대단하다고 생각해요. 솔직히 아베라나 그런 녀석들은 존심하다 싶지만…. 그들에게 그걸 가르친 아버지가 왜 나를 부정하는 겁니까…."

산도르는 대답하지 않았다. 그저 침묵.

"그럼 슬슬 가겠습니다."

알렉은 그렇게 말하고 돌아보았다. 내 쪽으로.

"…어?"

곰이라도 만난 듯한 얼굴이었다.

예상밖의 조우. 이런 곳에 이런 녀석이 있을 리가 없다. 마도 갑옷은 더 이상 못 쓸 텐데? 그런 얼굴.

"아들아. 질문에 대답하지."

그리고 몇 초.

알렉이 정지했을 때, 산도르는 일어선 후였다.

"장난은 끝이다. 네 말처럼 마검을 갖지 않으면 못 이긴다.

그러니까 에리스 양에게 한 자루 빌려왔지. 다만 어디까지나 최소한이다. 마검만으로는 승산이 별로 없다. 그러니까 기다렸다. 버티고 버티고, 죽은 척하며 기다렸다. 확실히 이기기 위해."

그렇게 말하면서 산도르는 검 한 자루를 허리 뒤에서 뽑았다.

그것은 에리스가 가진 두 자루째 검.

마검 '지절'.

"왜 너를 부정하는가. 그건 네가 영웅을 목표로 하면서 영웅과는 거리가 먼 행동에 손을 대려고 하기 때문이다. 영웅이라면 영웅답게 얄팍한 수로 승리를 거두거나 약자를 괴롭히며 명성을 쌓는 게 아니라, 자기보다 거대한 적에게 승산 없는 싸움을 걸고 이겨서 영광을 쟁취해라. 나처럼이 아니라 북신 칼맨 1세처럼."

산도르는 초연한 분위기로 칼집에서 검을 뽑아들고 자세를 잡았다.

마검 '지절'은 짧은 검이다. 하지만 그 검을 든 산도르는 북신의 이름에 어울리는 강자로 보였다.

반대로 알렉은 어깨 너머로 슬쩍 뒤를 돌아보았다.

"과연. 원군입니까…. 분명히 기스는 '루데우스가 마도갑옷을 타지 못하게 해라'라고 했죠. 하지만 그건 어디까지나 상대를 최고의 상태로 만들지 말라는 이야기일 뿐. 둘이서 나와 이 왕룡검에게 이길 수 있다고요?"

"누가 둘이라고 했지?"

산도르의 말에 호응하듯이 덤불이 움직였다.

거기서 두 남녀가 나왔다.

빨강머리 여자와 녹색 머리 남자. 에리스와 루이젤드였다.

내가 마도갑옷을 가지러 간 사이에 회복한 후 깨어난 거겠지. 부상은 남아 있는 모양이지만, 두 사람 다 나보다 훨씬 터프하다. 움직임에 지장은 없겠지.

"……."

에리스는 나를 힐끗 보았다

그 시선은 강하고 의미 있었다.

등을 맡기겠다는, 신뢰가 담긴 눈동자. 루이젤드 또한 에리스와 같은 시선을 보내왔다. 마도갑옷을 보는 건 처음일 텐데, 제3의 눈으로 나라고 안 거겠지.

그리고 내가 원호하는 것이 당연하다는 듯한 신뢰를 보내왔다.

그리고 나는 산도르를 포함하여 세 사람을 원호할 수 있다.

마도갑옷 '1식'까지 가져와서 하는 것은 그저 원호뿐. 한심하다는 마음은 있다.

하지만 우리는 예전부터 이렇게 해 왔다. 에리스를 중심으로, 루이젤드가 관리하고, 내가 원호한다. 말은 필요없다.

추가로 한 명이 더 있긴 하지만, 최고의 진형이다.

"자, 제2라운드다."

산도르의 말로 북신과의 제2라운드가 시작되었다.

제일 먼저 움직인 사람은 에리스였다.

그녀는 평소처럼 가장 빠르게, 최단거리를 그리는 검격으로 알렉산더를 덮쳤다.

알렉은 그것들을 쳐냈다.

내 눈에는 들어오지도 않는 속도로 날린 참격. 그것들을 어렵지 않게 쳐내고, 때로는 카운터를 날렸다. 에리스의 공격은 끊임없이 계속되는 듯이 보였지만, 내가 반응할 수 없을 뿐이지 분명히 빈틈은 있는 것이다.

하지만 카운터는 족족 막혔다.

루이젤드다. 알렉산더가 카운터를 날릴 때마다 그가 창을 휘둘러서 불발로 그치게 했다.

루이젤드는 에리스의 뒤에 있었다. 에리스가 아무리 실수를 하더라도, 루이젤드가 있는 한 그 허점을 찔리는 일은 없었다.

하지만 알렉은 때로는 중력을 무시한다.

자세가 무너졌나 싶더니 명백히 이상한 움직임으로 연속 공격을, 혹은 방어를 한다.

커다란 회피운동에서 아크로바틱한 움직임을 하나 싶더니, 갑자기 급강하해서 공격으로 전환한다.

그런 움직임에는 아무리 루이젤드라도 대응할 수 없다.

루이젤드가 대응할 수 없는 움직임은 산도르가 막는다. 누구보다도 중력을 조종할 때의 거동을 잘 아는 북신 칼맨 2세가 막는다.

알렉산더도 힘들겠지.

착지점에서, 혹은 공중에 있는 때 공격을 받는다. 직격은 피하더라도, 자기가 생각한 흐름으로 몰고 갈 수 없어서, 그저 짜증스럽게 체력을 소모하고 상처가 늘어나는 결과로 끝난다. 그렇다고 거리를 벌리면 내 마술의 좋은 먹이가 된다. 저 온스테드조차도 완전히 피할 수 없었던 스톤 캐논은 왕룡검으로 구부러뜨릴 수 있지만, 직전에 흡마석을 써서 대응을 둔하게 만든다든가 하면 몇 발은 확실히 스치게 할 수 있다.

직격은 없지만, 명백히 밀도 높은 포격은 알렉산더의 다리를 묶고, 검사들과 거리를 벌리는 것을 허락하지 않았다.

확실히 맞는다고 생각한 타이밍으로 날린 '일렉트릭'은 흘려 버렸다지만, 알렉산더에게 숨을 고를 틈을 주지 않는다.

따라서 아까 썼던 '필살기'를 쓸 틈도 없다.

"큭…!"

알렉산더는 이 자리에 있는 누구보다도 파워가 있고 스피드도 있다.

하지만 다급한 탓인지, 초조한 탓인지, 움직임이 조잡했다 전체의 움직임에 흐트러짐이 보이기 시작했다.

반대로 우리는 확실하고 안정성이 있고, 또한 착실히 대미지를 준다는 유리한 싸움의 전개였다.

괜한 짓은 하지 않아도 되지만, 그렇다고 그를 쓰러뜨릴 결정적인 뭔가가 있는 것도 아니다.

그러니까 이대로 계속 싸우면 언젠가 바닥이 드러난다.

체력에 마력. 길게 계속되면 줄어드는 것은 있다.

이 싸움이 시작된 후로 누가 제일 무리했을까, 이 싸움이 시작되기 전에 누가 제일 힘을 소모했는가.

그것은 싸움을 시작하고 얼마 지났을 때 여실하게 드러났다.

"……!"

에리스의 얼굴에 상처가 났다.

약간의 긁힌 상처. 하지만 시간이 지나자 더욱 많아졌다.

그녀가 그 소모된 인물일까.

아니. 구멍은 하나.

산도르다.

북신 칼맨 2세. 과거에 칠대열강으로 불렸던 남자가 구멍이 되어 있었다.

하지만 어쩔 수 없지. 3세와 싸워서 필살기를 맞은 뒤에 에리스와 루이젤드를 보호하고, 우리가 올 때까지 엉망이 되어서 북신 칼맨 3세를 계속 막고 있었다.

그의 움직임은 옆에서 봐도 알 만큼 빛을 잃고 있었다.

아니, 그래도 움직이고 있다. 그는 자기 일을 해내고 있다.

어쩌면 알렉산더의 움직임이 흐트러졌으니까 어떻게든 해내고 있는 상황일지도 모른다. 하지만 인간인 이상 한계는 온다.

에리스는 물론이고, 예견안으로 상대의 움직임을 예측할 수 있는 나도, 역전의 용사인 루이젤드조차도 숨이 차오르기 시작했다.

힘든 싸움이다.

항상 종이 한 장 차이의 공방이 계속되고 있다.

앞으로 10분만 있으면 산도르는 한계가 오겠지.

"⋯⋯."

하지만 여력은 있다.

아까와 달리 나는 마도갑옷 1식을 장비하고 있다.

시선은 높아지고, 상황도 살피기 쉬워지고, 보조의 폭도 넓어졌다.

산도르의 힘이 빠지면 지금 나의 움직임을 산도르를 보조하는 것으로 바꾸면 된다.

공격 패턴에 발밑에서 나오는 어스 랜서와 머리 위에서 나오는 진공파를 섞는다.

그리고 흡마석을 사용하는 빈도도 올린다.

중력을 무시하고 삼차원적으로 움직이는 알렉산더도 그것은 어디까지나 왕룡검의 힘에 의한 것. 그리고 왕룡검의 힘에 흡마석이 유효한 것은 검증이 끝났다.

빈도를 올리면 내 원호도 줄지만, 알렉의 움직임은 제한된다.

결과적으로 산도르의 부담이 3할은 줄었다.

3할은 크지만 결국은 3할. 체력을 회복하고 승부를 결판낼 수 있을 정도는 아니다.

유리하긴 하다. 하지만 승리가 멀다.

그러니까 더 생각해야 한다.

…계속 흡마석을 전개할까?

그러면 내 원거리 공격도 못 쓰게 되지만, 마도갑옷 1식의 능력이라면 접근전도 할 수 있다.

저 아크로바틱한 움직임을 막으면 전개가 더 유리해…질까?

아니, 아니다. 에리스와 루이젤드와 산도르.

세 사람은 완벽한 근거리에서 움직이고 있다. 저 공간에 거대한 마도갑옷이 끼어들 여지는 없고, 아무리 파워와 스피드가 동등하더라도 기술이 부족하면 방해가 될지도 모른다.

하지만 시간을 버는 것뿐이라면 어떨까?

산도르를 일단 뒤로 물러나게 하여 체력을 회복시킨다.

고작 몇 분. 그것만으로도 크게 다르지 않을까?

잠깐… 알렉산더도 북신이다.

저 중력 제어가 없다고 해도 싸울 기술을 가지고 있을 터.

그게 없을 리가 없다.

중력 제어는 그의 진짜 힘이 아니다.

그걸 봉해서 한 랭크 떨어뜨린다고 해도, 내 근접전은 산도르보다 두 랭크, 세 랭크, 어쩌면 더 아래다. 예견안이 있어도 알렉의 움직임은 아직 다 읽어내지 못한다.

결과적으로 에리스나 루이젤드에게 커다란 부담을 끼칠지도 모른다.

그들은 이미 긁힌 상처를 입기 시작했다.

손가락 하나, 머리카락 한 올 차이로 동맥이 잘려나갈 가능성도 있다.

에리스는 전력이다.

아까부터 숨 쉴 틈도 없이 몰아치고 있다. 하지만 그게 족족 빗나간다. 알렉의 실력이 뛰어나기 때문이다. 어쩌면 검신과의 싸움으로 소모되었을지도 모르고, 아까 전의 알렉의 필살기로 어딘가를 다쳤을지도 모른다.

그렇다고 해도 에리스는 내가 아는 한 최고의 퍼포먼스를 보이고 있다.

하지만 이것도 언제까지 계속될지 모른다.

루이젤드도 회복된 지 얼마 되지 않았다.

며칠 전까지 드러누웠던 몸인 것은 틀림없다. 지금은 잘 움직이고 있지만, 갑자기 풀썩 쓰러질 수도 있다.

어쩌지?

이대로 가면 지진 않겠지만 이길 수도 없다. 내 마력은 괜찮지만, 언젠가 산도르에게 한계는 온다.

어떻게 하지?

어떻게 하면 되지?

흡마석을 전력으로 전개하고, 리스크를 각오하고 앞으로 나설까?

아니면 다른 마술로 타개책을 찾을까. 다른 길을 찾을까.

괴롭다.

"큭!"

그렇게 생각했을 때, 알렉산더의 표적이 에리스에서 산도르로 바뀌었다.

에리스에 대한 대응을 줄이면서, 알렉산더의 몸의 표면에 참격에 의한 상처가 생기기 시작했다.

하지만 물론 결정타는 되지 않지만.

뭘 노리는지는 보였다.

알렉도 깨달은 것이다. 산도르를 해치우면 균형이 무너진다는 것을.

에리스의 공격을 다소 무시하더라도, 산도르를 해치우면 승리를 얻어낼 수 있다고.

등골이 서늘해졌다.

산도르의 죽음. 이어서 에리스의 죽음. 그리고 루이젤드가 죽고 1대1이 되면 나도 죽는다.

진다.

'얼른 결판을 내는 편이 좋지 않을까?'

내 안에서는 생겨나선 안 되는 불안이, 초조함이 새겨났다.

불안 때문에 움직임을 망설이게 되고 판단을 그르치게 된다.

작은 미스를 하기 시작한다. 내가 작은 미스를 해도 루이젤드가 어떻게든 해준다.

그렇긴 해도 확실히 부담이 커졌다.

이대로는 안 된다.

뭔가. 뭔가 수가. 결정타가 필요하다.

그렇게 생각했을 때.

"……!"

결정타가 찾아왔다.

숲 안쪽에서 찾아왔다.

처음에 날아온 것은 쇳빛 강철 덩어리였다.

날아와서 구슬처럼 구르다가 나무에 부딪쳐서 멎었다.

강철 덩어리는 바로 일어섰다.

하지만 투구는 벗겨지고, 두꺼운 갑옷은 군데군데가 일그러졌고, 머리에서는 피가 흐르고 코피도 멎지 않아서 몽롱한 표정이었다.

그래도 무기를 놓지 않고 순박한 얼굴을 한껏 일그러뜨리며, 자신을 날려 버린 상대를 노려보았다.

도가였다.

다음에 날아온 것은 깡마른 인물이었다.

이미 갑옷은 없고 웃통을 벗은 상태. 궁상맞은 육체가 찢어질 기세로 날아와서, 먼저 날아온 도가와 부딪쳤다.

자노바다.

그리고 결정타.

그것은 붉은 피부에 기다란 이빨을 가지고 있었다.

3미터 가까운 신장에 근육으로 뒤덮인 몸이 원숭이처럼 위에서 내려왔다.

탕이라고 할지, 쿵이라고 할지, 콰앙이라고 할지, 참 기묘한 착지음으로 우리 근처에 내려섰다.

"……!"

귀신 마르타.

그 모습을 본 순간 온몸의 움직임이 멎었다.

동시에 내 몸에 전율이 흘렀다. 여러 생각이 들었다.

이렇게 팽팽한 상태.

왜 이쪽으로 왔지?

이길 수 있을까?

못 이기나?

일단 물러날까.

아니면 공격할까.

"오오! 귀신님!"

누구보다도 기쁜 표정을 한 것은 바로 알렉산더였다.

그는 귀신을 보자 희색으로 가득한 미소를 지었다.

그 웃음을 보면 어쩌면 그도 힘들었을지도 모른다.

그래, 힘든 건 우리뿐만이 아니다. 팽팽하다는 소리는 그도 힘들었다는 소리다.

그렇겠지.

앞으로 나가고 싶다, 나가고 싶다, 그렇게 생각하는데 발이 묶였다. 지지야 않는다지만 돌파할 대책도 보이지 않는다. 그 필살기를 쓰고 싶어도 쓸 수 없다. 그런 상황이 오랫동안 계속되면 그도 정신적으로 지치겠지.

"좋을 때 오셨군!"

알렉산더의 미소에 귀신은 뚱한 얼굴이었다.

뚱한 얼굴, 그리고 '왜 너희가 여기에 있지?'라고 말하는 듯한 얼굴.

아까 나를 본 알렉산더가 곰을 만난 듯한 얼굴이라면, 지금의 귀신은 곰이 인간과 만난 듯한 얼굴이라고 할 수 있다.

하지만 이건 안 좋다.

이렇게 팽팽한 상황. 어쩌면 10분만 있으면 무너질 듯한 상태에서 적의 증원.

"도와주세요."

귀신이 끄덕였다.

여력은 완전히 없어졌다.

나는 계속 전장을 뛰어다니며 두 표적을 상대로 원호했다.

틈을 봐서 도가와 자노바를 치료했다.

하지만 그들은 귀신에 비해 열세다.

귀신이 그 거구에 어울리지 않는 속도로 움직일 때마다 자노바나 도가가 날아간다.

자노바가 근처 나무를 억지로 뽑아들고 휘둘러도 대미지는 전혀 없는 듯 반격해서 날려 버리고, 도가가 거대한 도끼를 휘둘러도 모기라도 앉은 듯 상처 하나 나지 않고 오히려 도가를 때려서 날려 버린다.

도가도, 자노바도 결코 힘이 없는 게 아닌데.

그래도 튕겨서 날려 버린다.

압도적인 파워.

반대로 알렉산더는 변함없이 공격을 계속했다.

산도르는 마지막 힘을 짜내서 움직이지만, 전선을 지키는 게 신기할 정도였다.

아니, 신기하지는 않다.

산도르가 움직이지 못하는 만큼 루이젤드가 지치기 시작했다.

그가 무리하고 있다.

안 좋다.

이 상황은 안 좋다.

이미 타개책 어쩌고 할 상황이 아니다. 앞으로 몇 분만 있으면 확실히 전선이 붕괴된다.

철수해야 한다.

하지만 물러날 곳은 없다.

올스테드에게 도달하게 된다. 그걸로 올스테드가 죽는 건 아니다. 분명 두 사람을 동시에 상대해도 그는 이기겠지.

하지만 괜찮을까?

정말로 괜찮을까?

그건 패배인데, 정말로 괜찮을까?

정말로 타개책은 없을까?

하다못해 어느 한쪽이라도 해치우면.

생각해. 뭔가 있을 거야. 내가 쓸 수 있는 카드를 최대한으로 쓰면 뭔가 할 수 있을 거야.

스크롤을 대부분 잃고, 간신히 1식을 되찾았다.

1식의 개틀링, 거구, 스피드, 파워.

할 수 있는 건 없을까?

뭔가 없을까?

뭔가…!

"크… "

드디어 산도르가 무릎을 꿇었다.

나는 절망적인 마음으로 귀신을 바라보았다.

이 녀석이다. 이 폭주기관차를 막지 않으면 승산은 없다.

뭔가 하나. 하나가 더 필요하다. 우세인 길항상태에서 열세인 길항상태로 몰렸을 뿐.

아직 역전할 수 있다. 이 귀신을 어떻게 할 수 있으면 자노바나 도가와 산도르를 교대, 산도르를 후열에 배치하여 회복시킬 수 있다.

하나면 된다.

하나면.

"아하하하하하하하하하하!"

그때였다.

주위에 웃음소리가 울렸다.

그와 동시에 내 팔 밑동이 열기를 띠었다.

아는 목소리였는지, 알렉과 산도르가 퍼뜩 고개를 들고 주위를 둘러보았다.

"일이 꽤나 재미있어졌군!"

다음 순간 검은 뭔가가 덤불에서 튀어나왔다.

시커먼 갑옷을 입고 한 자루 검을 쥐고, 똑바로 귀신을 향했다.

"우랴아아아아아아아!"

그 녀석은 귀신에게 일격을 날렸다.

따악과 빠악의 중간 정도의 무시무시한 소리를 울리며 검이 부러졌다.

팔로 가드한 귀신은 그 팔에서 철철 피를 흘리면서 몇 걸음 뒤로 물러났다.

"하아아아!"

시커먼 뭔가는 검이 부러졌어도 전혀 개의치 않았다.

그대로 육박해서 귀신의 명치에 날카로운 정권지르기를 날렸다.

"큭…."

귀신은 순간적으로 몸을 구부렸고, 거기에 레프트 훅.

목이 빙글 돌아가나 싶을 만큼 비틀거렸지만, 그래도 쓰러지진 않았다.

귀신은 다치지 않은 쪽의 팔을 들어서 시커먼 뭔가를 때렸다.

시커먼 뭔가는 몇 미터 뒤로 날아가다가 공중에서 날개를 펼쳐서 가볍게 지면에 착지했다.

"아하하하하하! 좋아, 좋아, 좋은 느낌이다!"

그 모습에 마신어. 나는 숨을 삼켰다.

"아토페 님…!"

붉사마왕 아토페라토페.

마대륙에서 누구보다도 두려움을 사는 인물이 거기에 있었다.

"어떻게…."

그녀는 나를 돌아보고 얼굴을 사납게 일그러뜨리며 웃었다.

"크크큭, 분신이 네 핀치를 알리길래 결전이 가깝구나 싶어서 서둘러 왔다! 뭐가 어떻게 된 건지는 전혀 모르겠지만, 늦지 않았군. 귀신에 알렉… 크크크, 후후… 아하, 아하하하하하하!"

아토페는 웃었다. 뭐가 그렇게 웃긴 건가 싶을 정도로 웃었다.

기분 나쁜 웃음소리는 숲에 메아리치고, 알렉산더를 아연하게 만들었다.

하지만 분신이라니….

아, 이 팔 말인가. 상황이 정확히 전달되지는 않은 모양이지만, 그래도 늦지 않게 와 주었다.

아토페가 왔다. 전력은 충분.

이거면 할 수 있다.

"이 자리에 있는 전부, 바로 나, 마왕 아토페라토페 라이백이 없애 주마!"

전부는 참아 주세요.

제길, 무어는 없나.

다른 친위대들은? 고삐를 좀 잡아줄 이는 없나? 그냥 풀어놓은 건가?

"그렇게 말하고 싶지만…."

아토페는 귀신과 상대했다.

키는 두 배 가까이 차이난다. 아토페도 여성치고 큰 편이지만, 그래도 귀신이 크다.

위아래로도 좌우로도 앞뒤로도.

"귀신 마르타!"

"다음은, 네가 나랑 싸우나?"

귀신의 입에서 나온 것은 유창한 마신어였다.

외견에 어울리지 않게 위엄 있는 말이다. 역시나 신급이라고 할까.

"네 녀석의 섬, 귀귀섬은 우리 친위대가 점거했다! 얌전히 여기서 물러나라! 그렇지 않겠다면 다 죽여 버리겠다!"

"......!"

귀신은 놀라 억국로 아투페륵 부아다

그 참뜻을 찾듯이. 지금 말이 사실인지 거짓인지를 살피듯이. 하지만 분명하게 말할 수 있는 게 있다.

아토페는 거짓말을 하거나 술수를 부릴 인물은 아니다.

"물론 나는 다 죽여도 상관없다! 오히려 그게 좋지! 그래, 그게 좋아! 자, 덤벼봐라!"

크게 팔을 펼치는 아토페.

그 모습, 그 말에 신빙성을 느꼈는지 귀신의 행동은 극적이었다.

순간 몸을 움츠리더니 원숭이처럼 도약했다. 나무 위로.

그리고 그대로 이쪽을 내려다보았다.

"아니…! 귀신 씨?!"

당황한 쪽은 알렉산더였다.

귀신은 그때 처음으로 알렉을 보았다. 아무래도 좋은 것을 보는 눈으로.

그리고 말했다.

"나, 돌아간다. 섬, 큰일."

입에서 나온 것은 인간어.

갓 배운 것처럼 어설픈 인간어. 귀신은 인간어보다 마신어를 잘하는 걸까.

하지만 다국어 사용자로군. 아토페는 인간어를 전혀 못 하는데! 마신어는 할 수 있지만, 말이 안 통하는데!

"엥?"

귀신은 그대로 나무 위를 뛰어서 숲으로 사라졌다.

멍하니 지켜보는 알렉산더.

물론 멍해진 건 그뿐만이 아니다. 나도, 루이젤드도, 산도르도, 눈을 동그랗게 떴다.

그리고 한 명 남았다.

알렉산더 한 명.

나와 에리스와 루이젤드와 산도르와 자노바와 도가와 아토페에게 둘러싸인 채로 남았다.

귀신은 돌아갔다. 너무나도 어이없이.

"자, 적은 한 명이다!"

"하, 할머님…."

적으로 돌아선 아버지, 말이 안 통하는 할머니. 동정할 마음도 들지 않는 상황에 완전히 독기가 빠져서, 이걸 어떻게 할까

하는 분위기.

하지만 그 자리에서 유일하게 그런 분위기를 못 읽는 인간이 있었다.

"하아아압!"

에리스는 그 틈을 노려서 알렉에게 혼신의 일격을 날렸다.

"!"

알렉은 방어했다.

방어다. 회피도 흘리기도 아니라 방어를 하려고 했다.

검시류의 필살기 '빙의 칼날'을.

가드 불가능의 필살기를 가드하려고 했다.

그리고 어느 틈에 알렉산더의 왼팔이 허공을 날고 있었다. 피보라를 뿌리면서. 빙글빙글.

"아."

그 팔이 툭 하고 지면에 떨어졌다.

그것이 싸움을 재개하는 신호가 되고, 결정타가 되었다.

개시된 싸움은 형세 같은 것도 없었다.

혹시나 두 팔을 쓸 수 있으면 아직 알렉산더에게도 무슨 수가 있었을지 모른다.

하지만 그 수는 이미 잘려나갔다. 수준 높게 팽팽하던 공방에서 왼팔이 날아갔으니 싸움이 이어지지 않았다.

그래, 그 다음부터는 싸움도 아니었다.

고작 5분.

순식간에 온몸에 부상을 입은 알렉은 꼴사납게 도망쳤다.

★　　★　　★

"헉… 헉…."

그것은 전술적 후퇴가 아니었다.

그저 숨을 헐떡이고 두려움에 떨며, 무서운 것으로부터 도망치려는 패주였다.

북신. 칠대열강 중 하나라고 생각할 수 없다.

좋은 고등학교에 들어가서, 좋은 대학에 들어가서, 좋은 기업에 취직하고, 그곳에서 처음으로 좌절을 맛본 신입사원처럼. 꼴사납게, 그리고 초조감에 쫓기는 패주였다.

하지만 그걸로 끝이다. 도망칠 곳은 없다.

알렉산더는 약 한 시간 동안 계속 도망친 끝에 계곡까지 돌아왔다.

앞이 막혔다.

뒤를 쫓아온 것은 다섯 명.

알렉이 도망친 순간 자노바는 쓰러지고, 도가도 그 자리에 풀썩 무릎을 꿇었다.

하지만 아직 다섯 명.

산도르와 아토페. 에리스와 루이젤드.

그리고 나.

눈앞에는 계곡.

뛰어넘을 수 있을 만큼 좁은 장소도 아니라, 폭 300미터는 가뿐히 넘을 정도의 절벽.

도망칠 곳은 없고, 전력은 충분.

"제길…."

궁지에 몰렸기 때문일까. 아니면 연기일까. 알렉산더는 숨을 헐떡이면서 계곡 끝에 멈춰 섰다.

여유가 없어 보이지만, 방심할 수 없다.

팔 하나를 잃었다고 해도 그는 원래부터 왕룡검은 한 손으로 마음대로 다루었다. 중력을 조종하는 왕룡검 앞에서 한 손 정도는 있으나 없으나 같다. 비장의 수를 숨기고 있을 가능성도 있다.

곧잘 팔을 잘린 내가 하는 말이니 틀림없다.

그렇게 생각하지만, 알렉산더의 얼굴에는 공포심이 어려있었다.

하지만 북신류니까 방심할 수 없다.

"이제 그만 포기해라. 너한테는 이 상황을 타개할 방법이 없잖아."

산도르가 그렇게 말하는 것을 보면… 역시 그에게 역전의 수는 없는 걸까?

"그래, 얌전히 죽어라!"

"어머니, 지금은 제가 알렉과 이야기할 테니까, 잠시 조용히

계셔 주세요."

"음… 그래…."

아토페가 끼어들려고 했지만 산도르가 입을 막았다.

저 아토페가 얌전하다니. 그런 광경을 보니 역시 이 녀석들은 가족이라고 재확인.

전혀 안 닮았지만.

"어흠… 올스테드와의 싸움에 대비하여 힘을 온존하고 한 팔을 잃은 시점에서 네 패배다. 어떤 때라도 상대를 얕보지 말라고 예전에 가르쳤잖냐."

힘을 아끼다가 돌이킬 수 없는 실수를 저지른 후에 패배.

흔히 있는 일이다. 특히나 격하의 상대를 얕볼 때.

"검을 버리고 투항해라. 네 아비로서 매몰찬 대접은 없도록 할 테니까."

산도르의 부드러운 말.

'아비로서.'

몇 년 동안 나도 그 말에는 꽤 약해졌다.

원래는 스펠드족을 다 죽여 버리려던 그를 살려둬선 안 된다.

하지만 그는 인신의 직접적인 사도가 아니라 기스의 사도란 느낌이고, 미수고…. 알렉 군이 울면서 사과하다면… 뭐, 하지만, 으음….

보아하니 그는 젊다.

파울로 같다고 할까.

실제 나이는 잘 모르겠지만, 내가 태어났을 때 파울로보다 훨씬 젊겠지.

아직 어리다고 해도 좋다.

그럼 지금부터 잘 갱생하면….

그러다가 문득 깨달았다.

그렇게 어린 녀석이 이렇게 어른들이 타이르는 말을 순순히 들을까?

"닳아!"

그렇겠지.

"나는 전력으로 싸운 게 아냐! 왼팔이 이렇게 된 것도 우연이야. 귀신이 도망치지 않았으면 이렇게 되지 않았어!"

"그것도 네 패인이야."

"동료에게 의존하지 말라는 소리?! 너희도 여럿이서 싸우고서!"

"영웅은 동료를 탓하지 않는다. 여차할 때는 동료의 도움을 받지만, 설령 도중에 동료의 조력이 없어지더라도 이기는 법이다."

산도르는 딱 부러지게 말했다. 그것 외의 정답은 없다고 하듯이.

그 탓인지 묘하게 설득력이 있었다.

그가 어떤 영웅전설을 자아냈는지, 나도 자세히는 모르지만… 역시나 은퇴영웅이라고 해야 할까.

"게다가 네 패인은 그것뿐만이 아냐. 전략이다. 전력으로 우리를 공격하고, 그 다음에 일단 물러나서 회복한 후에 재도전하면 좋았을 것을."

"올스테드랑 싸울 기회가 얼마나 더 있을지 모르잖아!"

"누가 그런 말로 널 꼬드긴 거군?"

"……!"

정곡을 찔린 표정이었다.

기스로군. 올스테드는 인신의 시야에 비치지 않는다. 그리고 올스테드는 오랫동안 행방불명이었다. 샤리아에 오면 만날 수 있다는 건 아마 나니까 아는 것이다.

여기서밖에 만날 수 없다, 지금밖에 싸울 기회가 없다, 그렇게 생각해도 어쩔 수 없다.

특히나 알렉산더는 아직 젊다.

영웅이 되고 싶다는 말도, 아버지를 뛰어넘고 싶다는 말도, 젊음에서 나오는 것이다.

다음 기회는 없다, 눈앞에 있는 기회를 꼭 손에 쥐고 싶다.

그렇게 생각해도 어쩔 수 없다.

조금 거칠고 억지스럽지만, 그 자세 자체는 응원할 수 있는 것이다.

"너는 동세대의, 같은 목표를 가진 친구나 라이벌을 찾아야 했다."

"시끄러!"

산도르의 동정 어린 말에 알렉이 소리치며 검을 들었다.

거기에 호응하듯 다들 검을 들었다.

나도 싸울 자세로 들어갔다.

5대1.

승산이 있을 리도 없는데.

"나는 아직 지지 않았어! 영웅은 여기서부터 역전해! 너희를 다 쓰러뜨리겠어! 스펠드족도 없애겠어! 그리고 올스테드! 용신은 죽이고 나는 영웅이 된다!"

검에서 뭔가 나오는 기척을 본 순간 나는 왼손을 들었다.

"'팔이여, 빨아들여라.'"

중력이 순간적으로 뒤틀렸다.

엘리베이터에 탔을 때처럼 잠깐 몸이 떠올랐지만, 곧 지면으로 돌아갔다.

"으랴아아아아!"

다음 순간 알렉은 검을 휘두르고 있었다.

나를 포함한 다섯 명이 산개하듯이 뒤로 뛰었다.

하지만 알렉이 노린 것은 누군가가 아니었다.

"큭!"

지면이었다.

알렉은 지면에 대검을 내리쳐서 파괴했다. 순식간에 흙먼지가 일고 시야가 가렸다.

연막 속에서 공격하려는 걸까.

그렇게 생각하며 긴장했을 때, 내 천리안이 흙먼지 틈새를 보았다.

뒤로 쓰러지듯이 계곡으로 떨어지는 알렉산더의 모습을….

설마 자폭한 걸까. 자기 공격에 튕겨 날아가서 떨어졌나…?

아니다. 알렉은 미소 짓고 있었다.

기분 나쁜 미소. 승리의 미소.

아니… 그렇군.

알렉은 다리에서 떨어져도 돌아왔다.

왕룡검의 능력은 중력 조작. 계곡 아래로 떨어져도 간단히 돌아올 수 있다.

"……!"

다음 순간 나는 뛰었다.

알렉을 쫓아서 계곡으로.

제7화   알렉산더 vs 루데우스

떨어지는 동안 나는 천리안으로 알렉산더의 모습을 계속 쫓았다.

그리고 내가 떨어지기 시작한 순간 알렉이 내 모습을 본 것도 알았다. 동시에 깜짝 놀라는 것도.

순식간에 거리가 좁혀졌다.

그는 왕룡검으로 낙하 속도를 제어하기 때문이다.

나는 일단 그 어드밴티지를 없앴다.

"'팔이여, 빨아들여라!'"

알렉의 낙하 속도가 보통으로 돌아왔다.

하지만 관성의 법칙이 있다. 속도를 탄 나는 갑작스럽게 멈출 수 없다.

바람 마술로 낙하 속도를 줄일 수 있을까…?

아니, 중력은 무기다. 투기를 다루지 못하는 나는 물리 법칙을 무기로 한다.

충격파를 써서 위치 수정과 동시에 가속을 붙이고, 낙하 방향을 똑바로 알렉에게로 향했다.

"오오오오오오!"

상대 속도를 그대로 살려서 나는 알렉에게 부딪쳤다.

알렉은 검을 방패로 삼아서 그것을 받아냈지만, 기세를 죽일 수는 없어서 바위벽에 부딪쳤다.

그동안에도 계속 흡마석을 썼다. 반동으로 나도 바위벽에 접근했지만 충격파를 일으키고 자세를 가다듬어서 바위벽을 박차며 가속.

다시 한번 알렉에게 다가갔다.

"으랴아아아!"

때린다!

충격파로 가속해서 때린다.

상대 속도를 만들어서 때리고 때린다.

물리법칙으로 때린다.

"아아아악!"

알렉이 소리쳤다.

공중에서 그냥 두들겨 맞을 뿐인 상황이라 영문을 알 수 없는 걸까.

나도 모르겠다. 내 역할은 원호였을 텐데 왜 이런 짓을 하는 건지 전혀 모르겠다.

다만 놓쳐선 안 된다고 생각했다.

이렇게 도덕심은 없고 힘만 있는 꼬맹이를 놔뒀다간 누가 무슨 꼴을 당할지 모른다고 생각했다.

그리고 그 바람에 안 좋은 꼴을 보는 건 그의 적인 내 쪽이라고 생각했다.

내 동료가, 가족이, 누군가가.

"아아아아아아!"

나도 영문을 모른 채 소리쳤다.

알렉과 산도르의 이야기를 듣지 않았던 건 아니다.

이 녀석은 반성하면 성장할 거라고 생각하지 않았던 건 아니다.

손해득실을 계산한 건 아니다.

하지만 때렸다.

가속해서 때리고, 가속해서 때리고, 가속해서 계속 때리고….

엄청난 속도로 계곡 밑바닥에 격돌했다.

나도 알렉도.

흙먼지 속에서 몸을 일으켰다.

지금 낙하로 주위에는 푸른 포자 같은 것이 날아다녔다. 시야가 안 좋다.

일단 내 몸은 무사했다.

역시나 마도갑옷 1식, 튼튼하군.

조금 금이 가긴 했지만, 그래도 아직 잘 움직인다.

"후우…."

그리고 알렉도 무사했다.

하지만 완전히 멀쩡한 건 아닌 모양이다. 갑옷은 깨지고, 한쪽 다리는 이상한 방향으로 꺾여 있었다.

하지만 그것뿐이다.

투기가 그 몸을 지킨 거겠지.

다리 하나로 서서 이쪽을 보고 있었다. 아프다는 표정 하나 없었다.

괴물이로군.

"…혼자서 쫓아왔나."

알렉은 나를 보고 중얼거렸다.

"배짱도 좋아."

나는 위를 보았다.

시커먼 암흑 속, 지룡이 우글거리는 게 보였지만, 누군가가 내려오는 기색은 없었다.

뭐, 금방이라도 아토페나 누가 쫓아올 거라 생각하지만.

하늘을 날 수 있고….

"할머님은 고루한 사람이야. 내가 떨어지고 네가 쫓아갔다. 그럼 아무도 뒤를 쫓지 못하게 할걸."

"그럴 리가."

"그 사람은 몇 살이 되어도 마왕과 용사의 일대일 대결을 동경하거든."

그건 좀 이해된다.

아토페는 난폭하지만, 뭔가 이상한 집착 같은 게 있는 느낌이다. 자기가 싸울 때는 친위대도 손을 못 대게 했고.

"나한테는 행운이지."

"…뭐가?"

"이 팔과 다리를 봐. 쫓아온 사람이 에리스 그레이랫이나 루이젤드 스펠디아…. 혹은 아버지나 할머님이었으면 여기서 끝났어."

"나라면 끝나지 않는다?"

"너한테는 질 것 같지 않아."

자신만만하다.

알렉은 중상이다. 팔 하나, 다리 하나를 잃었다.

나는 마도갑옷을 입고 있다. 오랫동안 싸우느라 마력을 꽤 썼지만, 원호에 주력한 탓도 있어서 별로 다친 데도 없다. 만전인 상태다.

"너무 얕보는 거 아닌가?"

"그렇지도 않아. 너는 투기도 못 쓰고 반응속도도 느려. 방심해서 빈틈도 많아. 북제 도가에게 수면제를 먹인 것도 모른 채 혼자 왔다가 계곡에 떨어졌지. 각오도 경계도 부족한, 미숙한 반푼이야."

반박할 말이 없다.

분명히 나는 그렇겠지. 남아도는 마력을 가졌어도 여전히 무능하다.

이번에도 아토페가 오지 않았으면 위험했다.

"그러니까 지금부터 싸워도 나는 이기고 도망칠 수 있어. 여기서 도망치기만 하면 승리는 눈앞이야."

"나를 쓰러뜨려도 아군은 없을걸? 귀신도 도망쳤고, 검신도 죽었다⋯. 내가 없어져도 너한테는 승산이 없을 텐데."

정말로 검신이 죽었는지는 나도 확인하지 않았지만. 뭐, 에리스니까 확실히 해치웠겠지.

"아니, 영웅은 이겨. 그런 식으로 되어 있어. 실제로 지금 너는 낙하 도중에 날 못 죽였어. 내가 제대로 움직일 수 없어서 계속 공격을 받는 상태에서도 못 죽였어."

그게 답이라는 태도. 자신만만하다.

하지만 분명히 지금 그는 자기 다리로 지면에 서 있다.

"나는 이긴다. 너한테도, 아버지에게도, 할머님에게도, 올스테드에게도. 모든 이를 쓰러뜨리고 역사에 이름을 새긴다. 사상 최강의 검사로. 북신 칼맨이라면 바로 3세 알렉산더를 말하도록. 그가 바로 역대에서 최강이라는 말을 듣도록."

만신창이지만, 공격을 계속 당하기만 하는 상태를 벗어난 지금의 그는 승산이 전혀 없는 것도 아니다.

승기가 보이는 상태다.

그 확률이 몇 퍼센트인지는 모르지만, 그는 승리를 가까이 끌어당길 수 있다고 생각한다. 마지막 승부에서 내게 이길 수 있다고 생각한다.

영웅이 되고 싶으니까?

아니, 그게 아니다. 지금까지 이런 위기를 뛰어넘었기 때문이다.

그는 지금 궁지에 몰렸다고 자각하고 있다. 나를 다소 얕보고 있긴 하지만, 지금까지처럼 대충 싸우지 않는다. 전력으로 나를 뭉개고 도망칠 생각이다.

상대는 북신 칼맨 3세.

세계 최고급의 검술과 세계 최고급의 마검을 가진 칠대열강.

궁지에 몰린 쥐가 아니라 상처 입은 야수.

반대로 나는 이때다 싶은 승부에서 승리를 얻어낸 적이 별로 없다. 사전에 준비하고 압도하든가, 힘의 차이를 뛰어넘지 못하고 패배하든가, 그런 적밖에 없다.

그도 그걸 알아챈 것이다. 나를 지금까지 뛰어넘어온 난관 속에서 승리를 끌어당기지 못하는 타입이라고 보았다.

어쩌면 기스나 인신에게 들은 걸지도 모르지만….

"…마지막으로 한 가지 묻지. 너는 인신의 사도인가?"

"아니, 그건 아냐. 나도 검신도 기스에게 정보를 얻었을 뿐이야. 그를 도왔다는 건 부정하지 않지만."

"그런가."

그럼 마지막 한 명은 누굴까.

아니, 생각은 나중에 하자. 지금은 일단 이 녀석을 쓰러뜨려야지.

응? 잠깐만, 무리라면 도망쳐도 되지 않아?

전력은 있다. 여기서 무리할 필요는 없다.

알렉산더 외에 한 명이 남아 있다면 여기서는 온존해야 하지 않나?

검신은 쓰러뜨렸고, 이쪽의 피해는 없다. 그럼 여기선 물러나서 확실히 이길 수 있는 상황을 만들어야 하지 않나?

"…아니."

아니, 그렇지 않다.

내 뒤에 있는 것은 올스테드다.

한 명도 보내지 않는 것이 승리 조건. 올스테드에게 한두 명 정도 보내도 일단 중대한 문제는 일어나지 않는다. 그저 올스테드의 귀중한 마력이 소모될 뿐이다.

아마도 80년 정도면 간신히 확보될 정도의 마력이.

그렇게 생각했기에 지금 나는 마음이 풀어졌다. 전투 시작 직후부터 확실히 풀어졌다.

검신을 쓰러뜨리고 귀신을 쫓아냈다.

눈앞의 북신은 만신창이라 당장이라도 쓰러질 것 같다.

게다가 여기서 북신을 놓쳐도 아직 동료는 건재. 두룡가 돈 빠낭해도 올스테드에게는 여유가 있다. 북신 칼맨 3세와의 싸움은 올스테드도 익숙하겠지. 스펠드족을 지키면서도 싸울 수 있겠지.

그런 상황에서 나는 풀어졌다.

져도 된다, 여유가 있다, 그렇게 생각했다.

이거다.

알렉이 말하는 '질 수 없는 요소'는 이거다.

그리고 돌이켜보면 항상 이랬다. 여기서 안전선을 긋는다면서 한 걸음 물러났다가, 여기다 싶을 때 한 걸음이 부족했다.

일렉은 그것을 느낀 것이다.

파도, 기세, 운, 흐름, 그런 것은 있다.

그런 추상론은 별로 믿지 않지만… 그래도 있을 때는 있다.

내가 여기서 물러나든가 패배하면 알렉은 뭔가를 얻고 나는 뭔가를 잃는다.

그것은 말로 할 수 없는, 예상 이상의 뭔가다.

"……."

그러니까 질 수 없다.

지금 여기서 져선 안 되고, 물러나도 안 된다.

리스크를 지고 승리를 따내기 위해 덤벼야 하는 상황이다.

여기다.

여기가 분기점.

여기서 전력을 쥐어짜서 실력을 다 보일 수 있느냐다.

"…나는 용신의 부하 '진흙탕' 루데우스 그레이랫."

"내 이름은 '북신' 알렉산더 칼맨 라이백!"

각오를 했다.

"아아아아아아아압!"

크게 소리쳤다.

깊은 곳에서부터 소리를 끌어냈다.

"으아아아아아아아압!"

알렉 또한 고함을 지르며 검을 들었다.

오른손에 검. 왼손은 없으니까 팔을 들었을 뿐. 오른발을 앞으로. 부러진 왼다리도 지면을 딛고.

그를 향해 달렸다.

작전 같은 건 없었다. 원거리에서의 공격은 안 된다고 직감적으로 생각했다. 나는 알렉을 향해 자세를 낮추고 달렸다.

다만 직전에. 떠오른 것이 있었다.

에리스의 모습이다.

나는 재빨리 오른팔의 개틀링을 들고 혼신의 스톤 캐논을 날렸다.

"!"

알렉은 돌진하는 나를 보고 한 발 내딛다가, 비처럼 쏟아지는 스톤 캐논을 보고 순간 주저한 것처럼 오른발을 물렸다.

하지만 그 스톤 캐논은 차례로 소멸했다. 알렉의 눈앞에서 흡마석의 힘으로 모래처럼 가루가 되어서

나는 재빨리 왼쪽으로 몸을 기울였다.

알렉이 든 검의 사거리 안에 있는 것은 이해한다. 하지만 돌진한다. 내뻗은 오른손을 허리춤으로 당겼다. 가슴이 지면에 스칠 정도로 몸을 낮추었다.

알렉의 왼쪽으로 오른다리를 뻗었다.

"으…랴아아아아아아아!"

알렉의 어깨가 움직였다.

은색 섬광이 일었다.

오른쪽 어깨 근처에 충격, 마도갑옷의 일부가 깨지고 날아갔다.

하지만 팔은 날아가지 않았다.

거기까지 이해했으면 그 이상의 부상 정도는 확인하지 않고, 확실히 대지를 딛고서 오른 주먹을….

〈알렉의 다리에 힘이 들어간다〉

녀석은 뛴다, 회피한다.

그렇게 생각했을 때, 나는 왼팔에 마력을 담았다.

흡마석으로 보내는 마력 공급을 끊고, 다른 마술을. 사용할 마술은 정하지 않았다.

다만 놓치지 않겠다는 마음으로, 왼손에 마력을 담아서 알렉의 다리로….

"?!"

알렉의 다리가 순간 둥실 떠올랐다.

"아아아아압!"

소리치면서 나는 오른 주먹을 휘둘렀다.

개틀링포가 달린 주먹을 힘껏 휘둘렀다.

쿠웅 하고 주먹에 감촉.

그대로 알렉을 바위벽에 처박았다.

"꿰뚫어라!!"

전력으로 개틀링에 마력을 담았다.

스톤 캐논이 착암기처럼 발사되고 절벽에 금이 갔다.

하지만 그래도 멈추지 않았다. 나는 계속 마력을 보냈다. 더 강한 탄을, 더 연사한다.

그것만 생각했을 때 오른팔에 위화감.

개틀링에 순식간에 금이 가고 가루가 되어 흩어졌다.

"아아아아아압!!!"

그래도 나는 오른손에 마력을 담았다.

만들어내는 것은 스톤 캐논.

가장 많이 만들었고, 가장 익숙한 스톤 캐논.

그것을 쏜다.

쏘고, 쏘고, 쏜다.

"아아, 아아, 하아…."

고함소리가 시들고, 한숨으로, 지친 호흡으로 바뀔 때까지.

나는 계속해서 쏘았다.

"허억… 허억…."

그리고 서리를 벌렸다.

바위벽에 완전히 파묻힌 마도갑옷의 오른손이 동체에서 쑥하고 빠졌다.

거기는… 아까 알렉에게 일격을 맞은 부분인가. 아토페 핸드가 없었으면 내 오른팔과 함께 잘려나갔을지도 모르겠다.

"……."

바위벽 안에서는 살덩어리가 보였다. 벽과 마도갑옷의 주먹 사이에서 붉은 피가 줄줄 흘렀다.

꼼짝도 하지 않았다.

근처를 보니 검이 빌어서 있었다. 방금 전까지 알렉이 쥐고 있던 검.

왕룡검 카작트.

나는 그걸 남아 있는 왼손으로 주워들었다.

2미터 정도 되는 대검.

그것을 들고 다시 바위벽을 보았다.

"……."

피가 흐르고 있었다.

벽과 벽에 묻힌 주먹 사이에서 붉은 피가 흐르고 있었다.

움직이는 것은 없었다. 조용히 피만 흐르고 있었다.

위를 보니, 대량의 지룡이 꿈틀대는 게 보였지만, 이 일대만큼은 이상하게 조용했다.

그저 내 손에는 감촉이 남아 있었다.

확실히 해치웠다는 느낌이 남아 있었다.

"끝났다."

무심코 내 입에서 말이 새어나왔다.

왜 이길 수 있었을까.

종이 한 장 차이라고 생각한다. 한순간만 움직임이 늦었으면, 혹은 알렉이 주저하지 않았으면. 알렉의 참격은 나를 마도 갑옷과 함께 두 동강 내었겠지.

에리스 같은 움직임이 잘 먹혔다.

감을 따른 거지만, 변칙적이기에 묘하게 타이밍이 어긋나는 그 느낌.

스톤 캐논으로 페인트를 주고, 평소보다 한 걸음, 아니, 반걸음 더 깊이 파고들어서 적의 사정거리를 어그러뜨리는 데에 성공했다.

그것이 에리스의 공격이다.

에리스는 이렇게 리스크가 큰 움직임을 무의식 중에, 가능할 때면 해 왔다.

그러니까 이긴다. 목덜미에서 피를 줄줄 흘리면서도 마지막에는 서 있다.

물론 내 움직임은 에리스 정도는 아니다. 가능할 때라는 판단도 서지 않았다.

나 자신도 그 영역에서 움직일 수 있었던 건 아니다.

알렉의 팔다리가 하나씩 망가지지 않았다면, 혹은 나를 얕보지 않았다면 이렇게 되지 않았을 것이다.

그리고 마지막, 알렉의 다리를 띄웠던 그 감각.

지금까지 쓴 적 없는 마술의 감촉. 어쩌면 그건 중력을 조종한 걸까….

아니, 알렉이 왕룡검으로 중력 조작을 하려는 것을 내가 흡마석으로 마력을 차단했으니까, 예기치 못한 타이밍에 발동한 것뿐일지도 모른다.

지금으로서는 알 수 없다.

마지막은 운이었을지도 모른다.

하지만 나는 이 승리를 운뿐이라고는 생각하지 않는다.

"이겼다."

불끈 주먹을 쥐어서 하늘을 향해 들었다.

★　　★　　★

　1식으로 지룡을 쫓아내면서 계곡 위로 올라왔을 때, 주위에는 사람들이 있었다.

　토벌대 대원들이다. 다리가 없어지고 신급 세 명도 없어져서, 어째야 좋을지 모르는 채로 우왕좌왕하는 모양이었다.

　그들은 나를 보고, 거미 새끼가 흩어지듯이 도망쳤다.

　내 모습을 악마나 그런 걸로 생각한 걸지도 모른다.

　나는 일단 현장지휘관… 비헤이릴 왕국의 기사인 듯한 자를 몇 명 붙잡아서 검신과 북신이 죽었음을 전했다.

　그리고 이 이상 스펠드족을 토벌하려고 하면, 반격할 의사가 있다는 것도 전했다.

　하지만 동시에 여전히 화평교섭의 뜻이 있다는 것도 전했다.

　화평교섭의 내용은 이전과 그리 다름없다.

　공격을 받아서 화나긴 했지만, 기스가 국왕이나 그와 가까운 위치에 있다면 그것은 곧 인신의 짓이다.

　관대한 자세를 무너뜨릴 생각은 없다.

　하지만 만일을 위해 두 명 정도 잡아서 포로로 삼았다.

　기스가 국왕으로 변신했다면 별로 의미 없는 짓일지도 모른다.

　하지만 모든 기사가 기스의 손발이 된 것은 아니겠고, 국내의 중진이 전부 기스의 수중에 들어간 것도 아니겠지. 이번 일이 귀에 들어가고 기사가 무사히 돌아온다면, 여론도 편을 들어줄 것이다.

그래도 안 된다면 이주시킬 수밖에 없지만…. 뭐, 그래도 시간을 벌 수는 있다.

그렇게 생각하며 돌아가려다가 나는 문득 석비를 발견했다.

칠대열강의 석비다.

그 가장자리.

제일 아래쪽의 마크가 낯익은 것으로 변해 있었다.

"……."

창 세 개를 교차시킨 듯한 모습의 마크.

미굴드족의 부적 모양.

내가 칠대열강이 되었다는 걸까.

결정타를 먹인 건 나지만, 넷이서 싸운 것도 있어서 도저히 실감이 들지 않는다. 어쩌면 내가 아니라 루이젤드의 마크일지도 모른다. 에리스…는 아닌 것 같고.

"……."

솔직히 그리 기분 좋지는 않았다. 이렇게 되었다고 해서 뭐가 어떻단 말인가.

하지만 이미 일어난 일은 어쩔 수 없다.

나는 다른 이들에게 돌아가기로 했다.

그 뒤에 계곡을 건너서 다른 이들과 합류했다.

"어떻게 되었습니까?"

제일 먼저 그렇게 물은 것은 산도르였다.

계곡 아래에서 알렉에게 결정타를 먹였다고 전하자, 그는 '그렇습니까'라며 적적한 얼굴로 쓴웃음을 지었다.

"너는 용사다. 용사를 얕본 마왕은 진다. 예전부터 그렇게 정해져 있다."

아토페의 표정은 딱히 변하지 않았다.

하지만 조금 슬픈 건지, 그녀에게 어울리지 않는 감성적인 내용의 말이었다.

"……."

알렉은 죽었다.

그는 아직 어린애였을 것이다.

재능이 있고, 그저 위로 올라가는 것만 생각하고… 장래도 있었다.

그런 알렉과 산도르의 대화를 들으며 떠올렸다.

알렉이 조금 더 넓게 만사를 생각했으면 좋겠다든가, 일단 지금은 혼내 주고 나중에 반성하게 한다든가, 그런 생각을 안 한 건 아니다.

살의나 증오가 있었던 것은 아니다.

다만 적이니까 죽었다. 거기서 놓쳤다간 나중에 후회한다,

지금 여기서 해치워야 한다, 그렇게 생각하고 죽였다.

그러니까 사죄할 마음은 없다.

이것은 싸움이다. 그도 나를 죽일 생각이었다. 그런 것이다.

"이겼구나!"

대조적으로 에리스는 기쁜 얼굴이었다.

특히나 석비의 무늬가 변했다고 전하자, 팔짱을 끼고 빙그레 웃는 얼굴로 콧방귀를 내뿜었다.

마도갑옷을 입지 않았으면 껴안았을지도 모른다.

분명 부드러웠겠지. 아깝다,

"……."

루이젤드는 딱히 아무말도 하지 않았지만, 그 얼굴에는 피로의 빛이 짙었다.

싸움을 하는 동안에도 생각했지만, 역시 한계가 가까웠겠지.

앓고 일어난 몸으로 그 싸움은 역시나 힘겨웠던 것이다.

하지만 누구도 큰 부상을 입지 않고 승리할 수 있었다.

그렇긴 한데 다른 이들은 어떨까.

그렇게 생각하면서 우리는 스펠드족 마을로 서둘러 돌아가기로 했다.

검신의 사체를 태웠기 때문에 시커멓게 변한 장소, 북신의 공격으로 생긴 크레이터, 그리고 귀신과의 싸움으로 쓰러진 나무들과 그 바람에 생긴 길.

그것들을 보면서 온 길을 되짚어가자, 자노바가 쓰러져 있었다.

옆에는 도가가 완전히 지친 얼굴로 주저앉아 있었다.

자노바는 잠든 기색이었다. 드러누운 채로 새파란 얼굴이었
다.

시체 같은 얼굴이라고 할까?

"…자노바. 일어나, 다 끝났어."

마도갑옷을 입은 채로 그렇게 물어보았다.

하지만 반응이 없었다.

"자노바…?"

몇 초 동안 숲에서 소리가 사라졌다.

바람이 멎고 아무런 소리도 나지 않았다.

"어? 자노바? 장난치는 거야?"

"……."

"대답해…."

자노바는 대답을 하지 않았다. 그 얼굴을 하늘로 향한 채로,
죽은 듯이 말이 없었을 뿐.

죽은 듯이.

"…흠!"

갑자기 에리스가 자노바의 머리를 걷어찼다.

"푸핫?!"

"이제 돌아갈 거야! 얼른 일어나!"

"……? 오오! 이거 실례! 어느 틈에 잠들었나 보군요."

그렇군요.

하지만 죽었어도 이상하지 않았다.

자노바와 도가는 열세였다. 혹시 우리와 조우할 수 없었으면 자노바가 말 못 하는 시체가 되었더라도 이상하지 않았다.

그렇게 생각하면서 두 사람이 날아온 길을 보았다.

길 여기저기에 싸움의 흔적이 보였다.

뿌리째 뽑힌 나무, 부러진 나무, 참격의 흔적, 작은 크레이터들.

용케 이겼다.

아니, 귀신한테는 이긴 게 아닌가. 귀신은 돌아갔다.

"그러고 보면 아토페 님은 어떻게 여기에?"

"음? 가르쳐 주랴?"

"가르쳐 주세요."

"음, 실은….."

아토페의 설명은 조잡해서 이해하기 힘들었다.

의성어가 많고, 절반도 이해하지 못했다.

"말하자면 과거 대전 때의 전이마법진이 남아 있어서 그걸 썼단 말씀이군요."

"훗날을 대비해서 찾아놨던 거다!"

이런.

악명 높은 아토페가 전이마법진을 썼다고 알려지면, 각지에 전이마법진을 갖추어 놓은 내게 악명이 붙을지도 모른다.

아니, 이제 와서 할 말도 아닌가.

그렇긴 해도 이걸로 끝…인가.

승기라고 생각했던 것은 틀림없지만, 지나고 보니 순식간이다.

아직 귀신이 어쩔지는 모르지만, 적은 얼마 남지 않았다.

"……."

끝이라고 생각하니, 갑자기 옆을 걷는 에리스에게서 달콤한 냄새가 나는 것 같았다.

힘든 싸움이 끝난 뒤라서일까. 생존본능이 자극되고 생식본능이 활성화되는 걸지도 모른다.

오늘 밤에 어떨까.

금욕의 루데우스가 아닌 걸까.

"아니, 아니."

금욕의 루데우스는 기스를 쓰러뜨릴 때까지다.

그래. 아직 기스의 모습을 확인하지 못했다. 귀신도 도망쳤을 뿐이다. 어떻게 될지 모른다.

사도도 아직 한 명 남아 있다.

끝나지 않았다.

하지만 기스는 아직도 모습을 보이지 않는다. 이미 정보망은 무너져서 찾기도 쉽지 않다. 도망쳤더라도 알 수 없겠지.

…어쩌면 그게 목적이었을까. 결전이다, 여기서 결판이 난다, 라고 생각한 건 나뿐이고, 기스는 도망칠 생각이었을까.

지금쯤 마지막 사도를 데리고 국경을 넘으려 하고 있다든 가…?

 이번 싸움에서 각지에 흩어진 내 정보망은 스펠드족 마을로 집결시켰다.

 전이마법진도, 통신석판도 없다. 국경에서 기스의 모습을 발견하더라도 쫓아살 방법은 없다.

 도망치겠지.

 명왕이 쓰러지고, 검신과 북신이 폭주해서 열세가 되었으면….

 전력의 8할을 양동에 쓰고, 조종할 수 있는 녀석만이라도 확보하고, 우리의 발목을 붙잡아놓고 그 틈에 탈출. 이번 기회는 단념하고 다음으로.

 나라면 그렇게 한다.

 "후우…."

 아직 방심할 수 없다.

 하지만 일단 여기서의 싸움은 끝이다.

 아무래도 지쳤다. 오늘은 더 못 싸운다. 뒤처리는 다른 녀석에게 맡기자.

 기스를 해치울 수는 없었지만, 명왕, 검신, 북신을 쓰러뜨렸다.

 루이젤드와 스펠드족은 아군이 되었다.

 비헤이릴 왕국과 귀신은 기스가 무슨 짓을 했냐에 따라서지만… 앞으로의 교섭에 달렸겠지.

우리의 피해는 사무소가 파괴된 정도인가….

덕분에 전이마법진도 전멸. 한동안 이동할 수 없지만, 손은 써두었다. 더 큰 피해를 예측했던 만큼 그리 나쁘진 않다.

그런 생각을 하고 있으니 스펠드족 마을이 보이기 시작했다.

우리의 기척을 느꼈는지, 울타리 위에서 스펠드족 아이들이 바라보는 것이 보였다.

이어서 입구에서 마을을 지키던 전사들이 나왔다.

이어서 엘리나리제, 크리프, 노른, 줄리, 진저… 무사한 모양이다.

나는 마도갑옷에서 내려왔다.

이러니저러니 해도 대량의 마력을 쓴 탓인지 조금 몸이 무겁다.

줄리와 진저는 자노바에게 달려갔다.

노른은 루이젤드에게, 크리프는 축 늘어진 도가에게 갔다.

서로 껴안는 이, 안도한 얼굴로 이야기를 나누는 이.

그것을 보고 있으니 간신히 실감이 들었다.

"……."

마지막으로 올스테드가 나왔다.

올스테드는 나에게로 걸어왔다.

"이겼나?"

"예."

나는 승리의 증거로 그에게 검을 건넸다.

북신의 대명사라고 할 수 있는 왕룡검 카작트를.

"이겼습니다."

우리는 승리했다.

완전승리와는 거리가 멀지만, 위기는 넘겼다. 기스가 만든 덫을 깨뜨리고 한 걸음 리드했다.

여러모로 생각하는 바는 많다. 반성할 점도 많다.

하지만 승리는 승리다.

"수고했다."

검을 받은 올스테드에게 치하의 말을 듣고 고개를 숙였다.

그때 문득 옆에서 시선을 느꼈다.

에리스였다. 그녀가 팔짱을 끼고 나를 바라보고 있었다.

두 팔을 펼쳤다.

"…해냈어!"

에리스가 뛰어들었다.

그 가슴의 감촉을 즐기면서 나는 다시 한번 생각했다.

승리했다고.

제8화 휴식

싸움으로부터 사흘이 경과했다.

부상자의 치료도 끝나고, 스펠드족 마을에는 평화가 찾아왔다.

사흘 동안 우리는 휴식을 취하면서 다른 적을 경계했다. 아무 일도 안 했던 건 아니지만, 뭔가가 있었던 것도 아니었다.

정말로 평화로운, 아무것도 없는 시간이 흘렀다.

자노바는 꽤나 지쳤는지 하루 중 태반을 자면서 보냈다.

상당한 중상인가 싶어서 걱정했지만, 의사의 말로는 그냥 근육통이라는 모양이다.

태어나서 처음 앓는 근육통인지 "온몸이 갈기갈기 찢어질 것 같다. 줄리, 나는 이제 곧 죽는다. 나는 네게 모든 것을 가르쳤다. 내가 없어져도 정진해라."라며 유언 같은 소리를 남겼다.

줄리는 울면서, 하지만 결의가 담긴 눈으로 끄덕였는데 이게 또 재밌었다.

나도 무심코 달려가서 자노바의 손을 잡고 "자노바, 자동인형은 반드시 완성시키겠어. 내가 모시는 신에게 맹세하지. 맡겨줘. 신성한 힘은 방순한 양식, 힘을 잃은 자에게 다시 한번 일어설 힘을 주거라, 힐링."이라며 치료했을 정도다.

그 뒤에 자노바는 기적처럼 쌩쌩한 얼굴로 일어서서 1식 수리를 시작했다.

줄리는 입을 쩍 벌리고 멍해졌다. 가엾게도.

아토페는 마을 안에서 비교적 얌전히 있었다.

어느 틈에 마을 사람들에게 목재로 옥좌를 만들게 하고 전사들에게 서로 대련을 시키기도 했지만, 큰일은 나지 않았다. 에리스가 참가했다는 정도다.

산도르는 그런 아토페를 보고 다소 부끄러워했지만, 때때로 표정이 어두워지곤 했다.

역시 알렉에 대해 생각하는 바가 있었겠지.

왕룡검을 돌려받겠냐고 물어도 전리품이니까 마음대로 써달라는 대답이었다.

그런 소리 한다고 넙죽 챙기자는 마음도 들지 않았다.

마도갑옷에게 의지하는 내가 할 말도 아니지만 거기에 너무 의지할 것 같고, 애초에 나는 검사가 아니니까 유효하게 활용하기란 어렵겠지.

한동안은 올스테드에게 맡겨두고, 필요에 따라 누군가에게 빌려주는 형태가 되려나.

루이젤드는 날이면 날마다 노른과 보냈다. 아니, 루이젤드가 가는 곳에 노른이 병아리처럼 따라다니는 느낌이다. 루이젤드에게 이것저것을 배우는 모습은 과거의 나와 에리스 같다.

노른은 근면하군.

…근면한 걸로 하면 될까? 왠지 노른의 표정은 지금까지 본 식이 있는 것 같은데. 동경하는 느낌과 비슷하지만 조금 다르고…. 아니, 아무래도 좋지만.

도가는 여자나 아이들에게 대인기다.

이 마을에 처음 왔을 때는 두려움을 샀지만, 역병이 만연하던 때 헌신적으로 뛰어다닌 탓일까, 거리가 가까워진 인상이다. 서로를 받아들인 것이다.

최근에는 순박한 얼굴로 나무 조각 인형 같은 것을 만들어서 아이들과 놀고 있다.

올스테드는 날아오는 공을 받아쳐 줄 일이 없어져서 조금 적적한 눈치다.

의사단도 스펠드족의 경과가 양호해졌기에 역병의 연구 쪽으로 주력을 옮겼다.

마을의 식량을 조사하면서 역병의 원인을 조사한다…라기보다는 샘플을 모으는 느낌일까. 아슬라 왕국으로 가지고 돌아가서 문헌으로 정리하는 데 쓰겠지.

크리프와 엘리나리제, 진저에게는 제2도시 이렐로 가달라고 했다.

비헤이릴 왕국에게는 포로 반환을 조건으로 다시 한번 요구 사항을 보냈다.

대답을 받아올 사람이 필요하다. 호위로 머리를 민 스펠드족 전사 두 명을 붙였지만, 혹시 기스의 작전이 끝나지 않았다면 각개격파의 위험도 있으니 걱정이다.

나는 이번 싸움의 반성회를 가졌다.

이번에도 반성할 점은 많이 있었다. 특히나 계곡에 떨어졌을 때가 위험했다. 기스가 마도구를 쓸 거란 생각을 왜 하지 못했을까. 그 부분은 다음에도 더 연구를 해야 한다.

처음에 당한 것은 어쩔 수 없지만, 두 번은 안 당한다.

참고로 아토페 핸드는 아토페에게 돌아가고, 내 오른손은 치유 마술 스크롤 덕분에 원래대로 돌아왔다. 무심코 그 손으로 에리스의 가슴을 주무르다가 턱을 한 방 멋지게 얻어맞아서 반나절을 날려 버렸다.

그리고 그 마술.

알렉과의 마지막 싸움에서 쓴 마술. 그 감촉을 잊기 전에 몇 번 시험해 보았지만, 성공하지 못했다. 그것은 아마도 중력마술이라고 생각하지만, 뭔가 계기가 필요하다. 중력마술이 강함은 이번 싸움에서 절실하게 깨달았다.

또 전이마법진 쪽으로도 더 방침이 필요하다. 이번처럼 곳곳에 설치하면 당연하다는 듯이 상대에게도 이용당한다. 앞으로 그러한 쪽의 대책도 세워야겠지.

그렇긴 해도 사흘이 경과했는데 전이마법진이 아직 회복되지 않았다.

이틀째 되던 날에 아르만피를 불러내서 내 가족에게 문제가 없는지 물었지만… 예정보다 마법진의 회복이 늦다.

인신과는 관계없는 부분에서 뭔가 문제가 일어났을지도 모른다.

걱정이다.

물론 너무 걱정만 해도 의미는 없다.

나는 내가 할 수 있는 일을 해야 한다.

나흘째 되는 날.

나는 에리스와 데이트…가 아니라 같이 마을을 보러 다니고 있었다.

참고로 에리스 말인데, 어쩐 일로 싸움 다음 날에는 하루 종일 완전히 뻗어서 잠만 잤다.

최근에는 보지 못한 모습이다. 아니, 지금의 그녀는 어렸을 적과는 비교도 안 될 만큼 규칙적인 생활을 보내기 때문이다. 낮잠을 자는 때도 거의 없다. 리니아가 낮잠 잘 때 같이 자기도 하지만, 뭐, 그 정도다. 그때는 같이 잘까 망설였지만, 리니아도 같이 있으면 동침, 즉 바람을 피우는 게 아닐까 하고 진심으로 고민한 끝에 결국 그만두었다.

그건 그렇고, 어렸을 때는 곧잘 마구간 같은 곳에서 낮잠을 잤다.

당시에는 항상 엔진 풀 스로틀로 살았지만, 몸도 아직 다 성장하지 않은 때였기 때문에 가솔린이 고갈되었던 거겠지.

지금은 예전과 달리 가솔린 탱크의 용량은 몇 배, 엔진도 최신 에코 드라이브 기능을 탑재하여 고갈되는 일이 없어졌다.

그런 그녀가 하루 종일, 내리 잤다.

그만큼 격전이었다는 소리겠지.

하지만 눈을 뜨자 평소와 같았다. 마을을 돌아다니며 스펠드족 아이를 보고 "정말로 꼬리가 있어!"라고 흥분했다. 만지게 해달라고 하기도 했다. 상대는 여자애다. 내가 했으면 아이를 좋아하는 스펠드족에게 잡혀가서 감금당했을 짓이다. 문젯거리다. 실피가 내게서 정을 뗄지도 모르니까, 할 거면 실피에게 꼬리를 단 이미지 플레이가 좋겠지.

아무튼 에리스는 오랜만에 루이젤드와 만났기 때문일까, 혹은 싸움이 일단락 나서 마음이 놓였을까, 마치 어렸을 적으로 돌아간 것처럼 흥분했다.

하지만 그런 그녀가 나와 함께 마을을 보고 다니다가 갑자기 멈춰 섰다.

험악한 기분을 느끼고 나도 멈춰서자, 그녀는 어떤 인물을 보고 있었다.

투구를 벗고 있으면 어딘가 애 같은 인상을 주는 중년 남성.

산도르 폰 그란돌.

그 정체는 알렉스 라이백.

북신 칼맨 2세다.

"……."

에리스의 동공이 스윽 오므라든 듯했다.

"잠깐 기….."

제지하려고 했을 때는 이미 늦었다.

에리스는 엄청난 속도로 움직여서 산도르를 향해 예리한 참격을 날리고 있었다.

"!"

하지만 산도르도 빨랐다. 즉시 몸을 돌려서 에리스의 공격을 봉으로 막아냈다.

나도 그제서야 따라갈 수 있었다.

에리스의 허리에 매달려서 산도르에게 사죄했다.

"에리스! 산도르가 뭘 했는지는 모르지만, 여기선 내 얼굴을 봐서 참아! 산도르 씨 죄송합니다. 우리 집 남편, 아니, 마누라가 갑자기!"

"어디에 얼굴 비비는 거야!"

걷어차였다.

분명히 나는 에리스의 엉덩이에 얼굴을 들이댔을지도 모르지만, 지금 건 불가항력인데.

"미안, 에리스, 하지만 싸움은 좋지 않아. 하물며 산도르 씨는 같이 싸운 동료잖아! 사도가 있을지도 모르는 상황에서 정체를 숨기고, 괜히 멋부리면서 말을 한 건 분명 조금 열받기는 하지만, 그렇다고 때릴 건 아니잖아!"

"알고 있어."

거짓말이다. 아는 녀석은 갑자기 뒤에서 검을 날리든가 하지 않는다. 난 안다고.

"에리스. 나는 말이지, 최근의 에리스를 다시 봤어. 예전의 에리스와 비교해서 차분해지고 어른이 되고 끈기가 생기고, 남에게 검을 가르칠 수 있게 되었어. 노른도 에리스에게 검을 배운 것에 감사하고 있었어. 남에게서 감사를 받는다는 것은 좀처럼 할 수 있는 일이 아냐. 에리스가 검의 성지에서 수행을 하고 온 증거 같은 것이라고 생각해. 에리스는 예전 모습에서는 상상도 할 수 없을 만큼 훌륭한 사람이 되었어."

설교 같아졌지만, 그래도 이건 중요한 일이다.

뭐가 마음에 안 들었는지는 모르지만, 갑자기 뒤에서 칼을 휘두르는 건 좋지 않다. 에리스의 검은 이미 폭력이라는 레벨에서 벗어난 것이니까.

"그, 그래…? 하지만 루데우스…."

하지만 에리스는 기쁜 눈치면서도 어딘가 조금 불만인 기색이었다. 어떻게든 설득해야지.

"아니아니, 루데우스 님, 그 정도로 해주시죠. 에리스 님은 전승을 확인하고 싶었던 걸 테니까요."

그때 산도르가 끼어들어서 날 말렸다.

"전승이라고요?"

"북신 칼맨 2세는 기습을 허용하지 않는다. 언제 어느 때라도 항상 전장에 있다는 마음, 배후에서 공격해도 뒤에 눈이 달린 것처럼 돌아보며, 날아드는 불똥을 쳐낸다."

산도르는 뒤에서 날아오는 화살을 베어내는 듯한 포즈를 취하며 그렇게 말했다.

포즈는 둘째 치고, 분명히 그런 식의 말을 들어본 적이 있다.

북신영웅담의 중반 정도에 나오는 말이었나.

분명히 힘을 길러서 세상에게 인정받은 북신 칼맨 2세를 말살하려고 왕룡 왕국의 왕이 자객을 몇 명 보냈는데 그것을 족족 해치운 에피소드였던가?

"…사실인지 확인하고 싶었어."

"루데우스 님, 에리스 님은 무턱대고 휘두른 게 아닙니다. 맞기 직전에 멈출 생각이었음이 느껴졌거든요."

"어, 그렇군요. 그런 거라면…. 하지만 에리스, 할 거면 말이라도 하고 해. 심장이 멎는 줄 알았어."

"말하면 들킬 거 아냐."

그런가? 뭐, 멈출 생각이었으면 장난 같은 거니까 괜찮나?

아니, 그래도 산도르가 화내며 기스 쪽에 붙기라도 하면….

으음, 지나친 생각일까?

검사라고 불리는 사람들의 장난은 아무래도 내 눈에는 도를 넘은 걸로 비치는군.

"진짜로 뒤에서라도 받아낼 수 있어?"

"그게 옛날에는 못 했습니다. 영웅담의 그것도 동료가 막아준 것에 불과하니까요. 다만 제자를 받았더니 다들 시험해 보려 하더군요. 거기에 대응하다 보니까 자연스럽게."

"그렇구나!"

에리스는 왠지 감동한 눈치였다. 하지만 분명히 그런 일화의 진실을 알게 되면 왠지 모르게 '아주 좋은 이야기를 들었다'라는 기분이 드는군.

내용은 별거 아니지만.

"뭣하면 대련 한번 해보시겠습니까?"

"그래도 돼?!"

"검신 갈 파리온을 쓰러뜨린 실력을 시험해 볼 수 있는 기회이니."

산도르는 그렇게 말하면서 흘낏 이쪽을 보며 윙크를 했다.

뭐지…. 아니, 이건 그건가, 일종의 팬서비스일까. 북신 칼맨 2세는 북신영웅담의 주인공. 인기가 많은 사람이니까. 에리스 같은 부류도 많겠지.

하지만 내 아내이기도 하니까 특별히 서비스해 주는 걸까.

그런가 싶더니 시선이 내게서 벗어나지 않았다.

"나는 참가하지 않을 건데요? 에리스도 일대일 대결이 좋을 테니까요. 그렇지?"

나 같은 것보다는 네 팬을 더 봐 줘. 한 번 지면 조금 기분이 상할지도 모르지만, 바둑이나 장기에서의 지도 대국 같은 느낌으로 하면 에리스도 좋아라고 가르침을 청하겠지. 자기보다 강한 상대에게는 꽤 솔직한 편이니까.

"아뇨, 대련을 하는 대신 부탁이 하나 있습니다."

"좋아! 그렇지, 루데우스!"

대답을 하는 건 내용을 들은 다음으로 해주라.

"뭐, 이번에는 산도르 씨에게도 신세를 졌으니, 내가 할 수 있는 일이라면."

"할 수 있을지는 모르겠군요. 어려운 일이니까요…."

"…어려운 일입니까."

그런 말을 들으면 주저하게 된다.

북신 칼맨 2세가 어렵다고 단언할 만한 일이잖아? 내가 할 수 있을까…. 아니, 나도 이십여 년 동안 꽤나 노력해 왔다. 못 하더라도 어떻게든 힘이 될 수 있을 것이다.

"다만 두 분이라면 가능할지도 모른다고 저는 보고 있습니다."

"내용을 듣기 전에는."

"그건 대련이 끝난 뒤의 즐거움으로 아껴두죠."

그런 거냐?

뭐, 아무튼 좋아.

"내용에 따라서 선처하겠습니다."

저쪽이 그런 식이라면, 나도 이런 식으로 대답해야지

따악따악 하고 목검과 봉이 부딪치는 소리가 들렸다.

아니, 따악따악이라는 말은 꽤나 마일드한 효과음이고, 실제로는 목검과 봉이 맞부딪치는 거라고는 상상할 수 없을 정도로 무시무시한 충격음이었다.

부웅, 쿠우웅, 까앙까앙, 쿠와앙! 같은 느낌일까. 초고속의 참격이 페인트나 견제를 섞어가면서 숨 돌릴 틈도 없이 나오고, 게다가 그게 전부 막히고 있다.

나도 그녀와 곧잘 모의전을 하니까 아는 건데, 에리스는 꽤나 진심으로 덤비고 있다.

거기에 맞서는 산도르는 잘 모르겠지만, 여유가 있는 걸로 보이니까 전력은 아닌 모양이다. 그렇긴 해도 때때로 긴박한 표정을 보일 때도 있으니까 에리스도 제법 잘 싸우는 것일까.

대련은 몇 번이나 거듭되었다.

시작 신호도, 정지 신호도 없다.

그저 둘이서 일정거리에 섰다가 한쪽이 (태반은 에리스지만) 움직이고, 어느 순간 우뚝 멈춘다.

뭐, 대부분 산도르의 봉이 에리스의 목이나 심장 같은 급소에 닿았으니까 산도르가 이긴 거겠지.

하지만 서너 번 중 한 번은 에리스의 검이 먼저 도달한다.

그때마다 주위에서는 오오 하는 술렁거림이 들려왔다.

어느 틈에 구경꾼이 늘어 있었다.

크리프와 엘리나리제, 자노바와 진저, 도가, 스펠드족 젊은이, 아슬라 왕국에서 온 의사들까지도 눈을 동그랗게 뜨고 에리스와 산도르의 대련을 보고 있었다.

이해한나. 볼 만한 가치가 있는 대련이지.

나랑 에리스가 해도 이렇게는 안 된다.

나는 너무 빨라서 대단하다는 것밖에 모르지만, 에리스도 검왕, 남에게 검술을 가르쳐 줄 정도로 술리를 이해하는 인간이다.

그리고 북신이라는 한 유파의 우두머리였던 인간과 호각까지는 아니더라도, 한 걸음 못 미치는 정도까지는 도달했다.

산도르가 보자면 아직 부족한 점도 있겠지만, 그렇더라도 세 네 번에 한 번은 이길 수 있다. 에리스가 산도르의 방어를 비집고 빠져나가서 일격을 넣을 수 있는가, 라는 구도임을 옆에서 봐도 알 수 있다.

말하자면 검술을 모르고 봐도 좋은 승부다.

"하아아아아!"

그런 대련도 결국 끝이 왔다.

에리스가 3연속으로 산도르에게 한 판을 따냈다.

"후우⋯."

다음 순간 에리스는 크게 숨을 내뱉고 지면에 털썩 주저앉았다.

"이런 느낌이구나?"

"그런 느낌입니다. 역시나 광검왕 에리스. 실력의 격이 다르군요."

"그래⋯."

에리스는 칭찬을 들어도 여전히 표정이 험악했다.

뭐, 지는 걸 좋아하지 않고.

"하지만 솔직하군요. 틀렸다고 알려준 것은 하지 않고, 옳다고 알려준 것은 적극적으로 한다. 혹여 옳다고 알려준 것이 거짓이었더라도 단순한 불운이라고 생각하지 않고, 다음 수를 생각하는 냉정함도 있고요. 질 것 같아도 깨끗하게 패배를 인정하고 포기하는 게 아니라, 아슬아슬할 때까지 이길 길을 찾는다…. 검술에서 북신류도 살짝 보였습니다만, 스승은 어느 분이었습니까?"

"오베르야."

"그였습니까. 얄궂은 일이로군요. 그는 틀렸다고 알려준 것을 어떻게든 써먹으려고 연구한 끝에 이상한 방향으로 성장해 버린 남자였습니다만."

"아시반 비창의 수는 달랐어."

"그렇죠. 근본은 솔직했으니까요. 본인도 알았을 겁니다. 비뚤어진 것은 강점이 되지만, 마지막 순간에는 믿을 수 없다는 것을."

분위기가 살짝 어두워졌다.

나도 자세히는 모르지만, 아슬라 왕국에서 싸운 북제 오베르는 이 산도르의 제자였을지도 모른다.

에리스는 오베르에게 사사한 적도 있다고 하니까 손자 제자가 되나.

"자, 대련도 끝났으니."

산도르가 손뼉을 치자, 구경꾼들이 흩어졌다.

다들 좋은 것을 본 만족한 얼굴이었다. 크리프는 자기 손을 보며 주먹을 쥐고 있었다. 나도 검술을 해볼까, 라고 생각하는 걸지도 모른다. 엘리나리제가 그 주먹을 두 손으로 감싸는 걸 보면 그녀가 잘 컨트롤하겠지. 크리프 선배는 검술을 안 배워도 충분히 훌륭하니까 필요 없다.

산도르는 손을 모아 비비면서 내 쪽을 향했다.

"자, 그럼 루데우스 님, 에리스 님. 아까 말한 부탁 말입니다만."

자, 북신님에게서 어떤 요구가 날아올까.

산도르는 묘하게 긴장한 기색인지, 입가를 움찔거렸다. 뭐라고 말해야 할지 조금 망설이는 기색이었다.

"루이젤드 님을 소개 시켜 주십시오!"

…루이젤드를?

"그건 왜?"

혹시 산도르는 남색을 밝히는 사람일까.

이미 자식도 있는 몸이니까 평범하게 여자를 좋아한다고 생각했는데…. 나이를 먹고 취향이 변했나? 아니면 아슬라 왕국의 기사가 되면서 안 좋은 것을 배웠을 가능성도 있나.

이건 산도르의 어머니에게 보고하는 편이 좋지 않을까. 그녀가 어떤 반응을 보일지 알고 싶다.

그렇게 생각한 순간 산도르는 다음 말을 꺼냈다.

"그리고 꼭 이야기를 들려주십사 부탁하고 싶습니다. 마신 라플라스에게 결정타를 꽂고 봉인하게 된 그 순간의 전말을."

"어, 북신 1세가 아버님이잖아요? 그분께 못 들었습니까?"

"아버지는 마지막 순간에 기절하셔서 일의 전말을 몰랐습니다. 또 이전에 페르기우스 님을 만나 뵈었을 때 들으려 했습니다만, 대답해 주시지 않았습니다…. 울펜 님은 결국 가실 때까지 만나 뵙지 못했고…."

아, 그런 건가.

산도르는 라플라스 전쟁의 결말, 특히나 마신 라플라스와의 결전 내용을 자세히 알고 싶지만, 알 기회가 없었다.

'마신을 죽인 세 영웅' 북신 칼맨, 갑룡왕 페르기우스, 용신 울펜에게서 듣지 못하고 체념하던 때, 이번에 운 좋게도 여사위에 숨겨진 마지막 인물과 만날 수 있었다.

마지막 결전에 라플라스에게 일격을 먹여서 형세 역전에 공헌한 남자.

'데드엔드' 루이젤드 스펠디아.

분명히 그러면 알고 있을까.

"그런 걸 알아서 어쩌려는 겁니까?"

"예? 알고 싶지 않습니까?! 진짜 영웅담이라고요? 저처럼 유명해지려고 세계 각지를 돌며 그럴싸한 사건에 관여한 끝에 운 좋은 방향으로 굴러갔을 뿐인 적당한 영웅담이 아니라, 세계를 구하기 위해, 띰이 낳지 않을 것을 알면서도 결사의 각오로 싸운 진짜 영웅들의 마지막 싸움의 결말을!"

나는 북신영웅담의 내용을 알고 있다.

이 세계의 작가가 얼마나 과장했는지는 모르지만, 그의 영웅담은 대단하다.

상세한 부분은 각 장마다 다르지만, 전체적으로 보면 전 세계를 여행하며 악을 쓰러뜨리고 약한 자를 구하는 느낌의 이야기다.

도움을 받은 자는 많다. 그 자신이 어떻게 생각하든지 훌륭한 일이다.

반대로 루이젤드의 이야기는 비극적이다.

함정에 빠진 결과긴 하지만, 가족을 죽이고 일족을 전멸의 위기에 빠뜨렸다.

누구 하나도 구하지 못하고, 무엇 하나도 이뤄내지 못했다. 스펠드족이 이런 곳에서 근근하게 살아야 하는 요인이기도 하다.

자랑스러워 할 것은 아마 거의 없다. 그도 적극적으로 말하려들지는 않겠지.

내가 부탁하면… 어쩌면 말해줄지도 모르겠지만, 분명 그로서도 말하기 힘든 일이 아닐까.

그렇게 생각하면서 에리스를 보니 눈이 반짝반짝 빛나고 있었다.

"나도 듣고 싶어!"

뭐, 나도 듣기 싫은 건 아니지만.

루이젤드는 식사를 하고 있었다.

그의 집은 꽤나 깔끔해졌다. 구석구석 청소되었다…고 할 레벨은 아니지만, 적어도 매일 청소를 했음을 알겠다.

루이젤드는 어질러두는 편이 아니지만, 방구석이나 창틀에 쌓인 먼지를 신경 쓰는 타입은 아니다.

하지만 지금의 방은 그런 곳까지 깨끗이 청소되어 있었다.

물론 좀 어설프긴 하지만.

혹시 우리 집에서 메이드 일을 하는 여동생이 보면 '뭘까요, 이 청소는!'이라는 말을 하겠지.

아니, 그런 말은 하지 않나? 아이샤는 먼지가 앉은 창틀을 보면 눈을 날카롭게 뜨며 '청소도 제대로 못 하니?'라는 느낌의 한숨을 쉴 뿐이다. 리니아가 우리 집에서 메이드 일을 할 때 그런 광경을 본 것 같다.

아무튼 완벽하진 않지만 방을 청소한 실력자는 누구인가.

딩동! 오오, 빠르다, 루데우스 군, 말씀하시죠! 루이젤드의 곁에서 기특하게 죽 같은 것을 그릇에 담고 있는 노른 그레이랫입니다! 정답! 루데우스 군은 록시 인형을 하나 받았다! 와사!

그런 식으로 노른이 루이젤드의 옆에서 조금 놀란 얼굴로 우리를 보고 있었다. 식사 시간에 우르르 몰려왔으니까 놀란 거겠지.

뭐, 그건 일단 넘어가고.

"왜 그러지? 무슨 일 있었나?"

루이젤드가 의아한 얼굴로 이쪽을 보았다.

"어어, 일단 여기 계신 분이 루이젤드 씨에게 제대로 인사를 드리고 싶다고 해서."

손바닥으로 산도르를 가리키자, 산도르는 등을 꼿꼿하게 펴고 있었다.

"산도르 폰 그란도르, 혹은 북신 칼맨 2세 알렉스 라이백이라고 합니다! 그 라플라스 전쟁을 승리로 이끈 역전의 영웅 루이젤드 스펠디아 님을 만날 수 있어서 영광입니다. 아무쪼록 기억해 주시길!"

완전히 긴장했군. 평소의 표표하고 여유 있는 그에게서 상상도 할 수 없을 정도다.

뭐, 그도 그런가.

그가 보자면 라플라스 전쟁에서 싸운 전사들이란 자신보다 한 세대 전의 전설이겠지.

나로서는 잘 이해가 안 되지만, 불량배들을 그린 만화에서 나오는 '과거에 전국제패를 달성한 전설적인 팀의 멤버' 같은 느낌일까.

비교적 평화로운 세상에서 전국 톱클래스로 올라간 팀의 우두머리로서는, 그들이 일궈낸 위업에 고개가 숙여질 따름이라는 걸까.

“…스펠드의 전사로서 이번 싸움에 조력해 준 것에 감사한다.”

하지만 루이젤드도 예의 바른 남자.

그러고 보면 여태 말하지 않았군, 이라는 느낌으로 꾸벅 고개를 숙였다.

“아앗, 고개를 들어주시죠.”

이렇게 되면 당황하게 되는 산도르.

마치 일본인처럼 서로 고개를 숙여댔다.

참고로 에리스는 얼른 자리에 앉아서 노른에게 죽을 받고 있었다. 많이 움직여서 배가 고픈 거겠지

사양 없이 퍽퍽 먹어대고 있다. 맛있나 보다.

나도 죽을 받아 흐름에 따라서 먹기 시작했다.

꽤 나쁘지 않다. 엄청 맛있는 건 아니지만, 내가 만들어도 이 정도일까. 아니, 조금 더 잘 할 수 있을까…라고 망설일 정도의 감상.

“맛있네!”

“고맙습니다.”

“노른이 만들었어?”

“예.”

그런 대화가 들려서 나는 다시 한번 죽을 보았다.

뭐야, 노른이 한 요리인가. 어느 틈에 요리 같은 고등 테크닉을 익혔지.

그런 생각도 들지만, 노른도 이제 나이가 차고 있고, 이 세계

에도 이른바 신부수업이란 것은 있다. 요리 정도는 배우겠지.

그렇게 생각하니 갑자기 맛있게 느껴졌다.

노른도 조금씩 성장하고 있군. 오빠는 기쁘다.

그런 감정이 양념이 되어서 죽의 맛을 열 배든 백 배든 증폭시켰다.

이건 마약이다.

아니, 그런 것보다도.

"그런데, 루이젤드 씨, 산도르 씨가 꼭 좀 듣고 싶은 이야기가 있다고 해서 여기로 모셨습니다."

"듣고 싶은 말?"

"예, 루이젤드 씨는 별로 말하고 싶지 않은 이야기일지도 모릅니다만."

그런 전제를 깐 뒤에 아까 들은 말을 루이젤드에게 전했다.

산도르가 루이젤드… 그리고 라플라스를 쓰러뜨린 이들을 진짜 정말로 존경하고 있어서, 그 싸움의 전모를 알고 싶다고.

더불어서 산도르의 아버지, 북신 칼맨(1세)은 그 싸움에서 돌아가셨고, 아들인 산도르는 그 죽음의 진상을 캐고, 경우에 따라서는 복수를 하고 싶다는 것도, 산도르의 눈물 없이 들을 수 없는 반생과 함께 말했다.

"루데우스."

"예."

"왜 그런 거짓말을 하지?"

"그만 흥이 올라서…."

북신 칼맨이 마신 라플라스와의 싸움에서 살아남은 것은 다들 아는 사실이다.

그 후에 마왕 아토페에게 혼자 쳐들어가서 무릎 꿇리고 결혼했다.

안 그러면 산도르도 태어나지 않았고.

참고로 그 후로도 여러 일을 겪으며 세계 각지를 여행한 끝에, 마지막에는 왕룡산맥에서 죽었다나.

"후, 너는 여전하군."

예전의 루이젤드라면 나처럼 수상쩍은 성인 남성이 거짓말을 하면 격노했을지도 모르지만, 지금은 농담이라고 이해해 준다. 신뢰가 느껴지는군.

"뭐, 산도르 씨가 듣고 싶은 이유에서 크게 벗어나진 않았겠지만, 혹시 괜찮으면 말씀해 주실 수 있을까요."

"대단한 이야기도 아니다만."

그런 말을 시작으로 루이젤드는 입을 열었다.

창의 저주에서 해방된 루이젤드는 다른 저주에 사로잡혔다.

복수라는 이름의 저주다.

거기에 떠밀리듯이 루이젤드는 라플라스에게 달려갔고, 도착했을 때는 이미 결전이 시작되어서… 정도가 아니라 끝을 맞으려 하고 있었다.

북신 칼맨은 쓰러지고, 페르기우스의 열두 정령은 하나를 제외하고 소멸. 페르기우스도 만신창이로 무릎을 꿇고 있었다.

울펜은 과감하게 싸우고 있었지만, 라플라스가 압도하고 있음이 확연했다고 한다.

반대로 라플라스는 소모되긴 했지만, 아직 여유가 있는 것으로 보였다나.

루이젤드는 그런 상황에서도 냉정했다.

스펠드족을 속이고 거의 전멸로까지 몰아넣은 라플라스를 향한 살기를 억누르고 잘 관찰했다.

라플라스는 강하다. 하지만 루이젤드는 지금 싸우는 세 사람을 어느 정도 알고 있었다.

특히나 북신 칼맨과 용신 울펜은 루이젤드가 제정신일 무렵에 몇 번 겨뤄본 적도 있었다.

양쪽 다 강한 이들이다. 특히나 울펜은 루이젤드로서도 정면에서 싸우면 도저히 이길 수 없을 정도로.

페르기우스의 곁에 있는 천족 여자도 상당한 실력자로 보였다.

하지만 그럼에도 불구하고 라플라스는 건재하다. 소모되긴 했지만, 여유가 남아 있다.

자신이 분노에 몸을 맡기고 일격을 날려도 못 죽일지 모른다.

그렇게 생각하며 확실히 그 숨통을 끊을 기회를 엿보고 있으니, 라플라스의 몸 안에 '뭔가'가 보였다는 모양이다.

라플라스의 몸 안을 고속으로 움직이는 '뭔가'. 그 정체는 모른다. 하지만 루이젤드는 오랜 경험과 감으로 그것이 라플라스의 약점이라고 추측했다.

추측을 뒷받침하는 증거를 찾을 시간은 없었다.

눈앞에서 페르기우스에게 결정타를 꽂으려는 라플라스의 공격을 울펜이 막고 흘렸다.

울펜은 중상을 입었고, 이미 승리는 절망적이었다.

라플라스가 승리의 우음을 지었다.

다음 순간 루이젤드가 뒤로 숨어들어서 일격을 가했다.

약점이라고 추측한 그 '뭔가'에.

결과는 극적이었다. 라플라스는 갑자기 괴로워하기 시작하더니 분노로 날뛰며 루이젤드에게 반격했다.

즉사는 아니었지만, 뭔가가 변했다.

그렇긴 해도 루이젤드가 할 수 있는 것은 그 정도였다.

라플라스는 루이젤드를 압도했다.

라플라스의 마안은 루이젤드의 움직임을 둔하게 만들고, 주먹은 가드하더라도 뼈를 박살내고, 루이젤드의 공격은 너무나도 간단히 막혔다.

그야말로 상대도 안 되는 상황, 어린애 손을 비틀 듯이 루이젤드를 꺾었다.

이걸로 끝인가 싶어서 루이젤드가 죽을 각오로 돌격하려는 순간, 지면이 빛났다.

지면에서 나오는 푸르스름한 빛이 주위를 밝혔다.

마법진이다. 살펴보니 두 손을 지면에 댄 울펜이 무슨 주문을 외우고 있었다.

라플라스가 "이건 설마!"라고 외친 다음 순간, 마법진이 엄청난 빛을 발했다.

루이젤드의 눈은 앞을 볼 수 없었다.

하지만 스펠드족의 제3의 눈이 라플라스의 육체와 마력이 갈기갈기 찢기는 것을 확인했고, 귀는 라플라스의 단말마의 절규를 들었다.

"이 정도로 나를 죽일 수 있다고 생각하지 마라! 인… 인…! 반드시 죽이마! 없애주마! 반드시, 나는, 네놈, 네놈을….""

그것이 라플라스의 마지막 말이었다는 모양이다.

"그 기술에 대해서는 자세히 모른다."

"'용신명송'입니다! 페르기우스 님이 고문서에서 부활시킨, 라플라스와 맞서기 위한 결전마술!"

"그렇군."

또 중2병스러운 이름이 나왔군.

용족은 자기 기술에 그런 이름을 붙여야 성이 풀리는 걸까. 뭐, 나도 싫지는 않지만.

"그런가, 역시 마지막에는 확실히 썼군…. 그리고 그걸 쓴 건 울펜 님…. 그래, 울펜 님이 결전 후에 바로 돌아가신 것은 그 기술을 썼기 때문인가…. 기술은 본래 페르기우스 님이 쓰게 되어 있었을 터…. 그렇다면, 아하, 페르기우스 님이 말씀해 주지 않았던 것은 자신의 잘못을 부끄럽게 여겼기 때문인가. 울펜 님을 자기가 죽였다고 자책하고 계신 걸지도 모르지…. 모든 것이, 모든 것이 이어졌다…!"

산도르는 혼자서 납득했다. 오타쿠처럼 빠르게 혼잣말을 중얼거리는 모습은 전생의 나를 떠오르게 해서 조금 무섭다.

나도 지금 이야기를 듣고 모든 것을 다 이해한 건 아니지만, 말하자면 페르기우스는 최종결전에서 그 기술을 쓰게 되어 있었는데, 라플라스에게 신나게 두들겨 맞은 바람에 그걸 해내지 못했을 뿐만 아니라 울펜에게 보호를 받았고, 마법진도 울펜이 기동시켰으며 그 바람에 울펜은 일찍 세상을 떴다. 대충 그런 느낌일까?

그렇다면 그건 커다란 짐이다. 나라면 록시가 치유해 줄 때까지 방에 틀어박혀 있을 것 같다….

어쩐지 400년이나 공중을 떠돌면서 라플라스 부활의 전조를 기다린다고 했다. 이번에야말로 자기가 해치우겠다고 맹세했겠지.

"어라? 하시반 결전마술이 발동되었으면 라플라스는 죽은 거 아닌가요?"

"그때는 쓰러뜨렸다고 생각한 모양입니다만, 페르기우스 님이 나중에 라플라스의 성을 조사해 보았더니 라플라스는 자기가 죽었을 경우 언젠가 전생해서 부활할 준비를 해놓았다고 판명되었기 때문에, 라플라스는 봉인되었다는 식으로 말했다고 들었습니다."

"…그런가."

루이젤드는 험악한 얼굴을 했다.

라플라스가 부활한다면 자기도 싸워야겠다고 생각하는 거겠지.

하지만 부활한다고 해도, 전생이라면 죽었다는 소리. 한 번 죽은 건 사실이겠지.

죄송합니다, '마신을 죽인 세 영웅(죽이지 않았다)'고 비웃어서….

"그 이후의 일은 모른다. 나는 그 이후로 녀석들에게 작별을 고하고 마대륙으로 돌아왔으니까."

그리고 400년, 스펠드족을 도우려고 계속 발버둥 쳐서 현재에 이르렀다.

거듭 들으니 괴로운 인생이지만, 이 땅에서 생존자를 발견할 수 있어서 다행이다.

정말로 다행이다.

명예 회복 쪽도 순조롭고, 내가 살아 있는 동안에는 '밤에 안 자고 있으면 스펠드족이 와서 잡아먹는다'에서 '밤에 안 자고 있으면 마물이 오지만, 스펠드족이 구해준다'가 될 것 같다.

후후, 안 자는 애들이 속출하겠군.

"귀중한 이야기를 들려주셔서 감사합니다! 으음, 설마 이런 곳에서 당신과 만날 수 있을 거라곤 생각도 않았기에! 감동입니다! 오랜 수수께끼가 풀렸습니다!"

산도르는 헤벌쭉 풀어진 얼굴로 연신 고개를 숙여댔다.

에리스도 죽을 먹으면서 흥미로운 눈치로 들었다.

예전처럼 눈을 반짝이면서 "그 다음은?! 그 다음은 어떻게 됐어?"라고 묻지 않는 것은, 자기가 지금 그런 싸움 한가운데에 있다는 자각이 있기 때문일까.

생각해보면 에리스도 여러 곳에 가서 여러 무허을 하고 여러 적과 싸웠구나….

뭐, 주로 나를 따라다니는 형태니까, 그리 만족하지 않을지도 모르지만.

"그럼 오늘은 이만…."

산도르가 그러면서 일어서려던 때였다.

"이리 오너라!"

갑자기 커다란 소리와 동시에 입구의 문이 쾅 하고 날아갔다.

에리스는 즉시 일어서서, 날아온 문을 맞받아 걷어차고 그 반동으로 회전하면서 전진하여 발도.

난입자의 머리를 향해 검을 날렸다.

"크크큭, 성급한 녀석이로군…. 하지만 그래야 내가 인정한 용사다."

칼날 잡기.

에리스의 초고속의 참격을 난입자는 멋지게 받아냈다.

"하지만 너무 서두르지 마라. 나는 이 집의 주인을 만나러 왔을 뿐이다."

불사마왕 아토페라토페 라이백.

아마도 이 세상에서 가장 말이 안 통할 어르신이 있었다.

말이 안 통한다는 점에서는 에리스나 키시리카도 두 손을 들 정도다.

"오랜만이로군, 루이젤드 스펠디아아아아?"

그리고 입을 일그러뜨리고 웃으며, 마왕처럼 루이젤드를 노려보더니 뱀처럼 끈적끈적한 말을 꺼냈다.

참고로 마신어다.

"그래, 오랜만이다, 마왕 아토페."

그래서 루이젤드도 마신어.

"크크큭, 잘 기억하고 있다. 나는 이렇게 보여도 기억력이 좋거든. 바비노스 지방에서 네놈을 쫓아다닌 이후로 처음이지?"

"……."

"그런데 이런 곳에 둥지를 틀었다니."

루이젤드가 식은땀을 흘리고 있었다.

아무리 루이젤드라고 해도 아토페를 상대하긴 어려운가.

"아니아니, 폐하. 여기선 참으시죠. 라플라스 전쟁 때 스펠드족의 폭주는 라플라스가 꾸민 짓이었거든요."

"뭐라고?"

나는 아토페에게 스펠드족이 저주에 걸린 경위를 설명했다.

말하는 이도 눈물, 듣는 이도 눈물. 악역무도한 라플라스의 덫. 스펠드족은 잘못이 없다.

그런 설명을 아토페는 고개를 끄덕이며 들었지만, 이윽고 소리쳤다.

"시끄러! 영문 모를 소리를 하지 마라!"

너무 어려웠나 보다.

도움을 청하듯이 산도르를 보자, 그는 맡겨달라는 듯이 끄덕였다.

"루데우스 님… 어머니가 봉인된 것은 스펠드족이 마창을 받기 이전이거나 받은 직후의 일입니다. 말해도 모릅니다."

"아, 그렇군요…. 그럼 왜 쫓아다녔던 겁니까?"

"그런 이유 따윈 기억 못 할 겁니다. 그렇죠, 어머니?"

"음…. 아니, 기억한다. 백성이다! 백성이 도움을 청해왔다!"

그도 그런가.

아마 루이젤드가 어디서 아이를 구하려고 했는데, 그걸 아이를 공격하는 것으로 착각한 이들이 공포의 대상이지만 든든한 마왕님에게 호소했겠지.

저 '데드엔드'를 어떻게 좀 해달라고.

"아무튼 이것도 저것도 다 라플라스의 짓, 여기서는 좀… 용서해 주시죠."

물에 흘려보내달라고 하려다가 참았다.

어려운 비유를 쓰면 또 열 받을지도 모르니까.

"크크크, 하하, 아하하하하하하! 좋아! 나는 어디의 속 좁은 용족과 다르다! 용서해 주마!"

"……."

오히려 용서할 수 없는 건 루이젤드 쪽일지도 모른다.

시점을 바꿔서 생각하면, 아토페는 스펠드족의 박해에 적극적이었다고 할 수도 있으니까.

"하지만 루이젤드, 이 마을 녀석들은 뭐냐. 네 부하라고 생각할 수 없을 만큼 약해빠졌잖아. 그 강인하던 스펠드족은 어떻게 되었지?"

"다들 죽었다."

"그런가? 그러고 보면 마대륙에서도 스펠드족이 안 보이게 되었지."

"……."

아니, 루이젤드는 이해했다는 얼굴이다.

마왕 아토페라토페 라이백에게 논리는 통하지 않는다는 것을. 애초에 스펠드족의 박해 자체를 자각 없이 했을 가능성… 즉, 진짜로 원망했다간 자기가 바보가 될 뿐이란 것을 이해하고 있다!

그렇지.

애초에 생각해 보자면 아토페가 박해 같은 음습한 짓을 할 것 같지 않다. 박해하느니 그냥 정면에서 전쟁을 벌여서 없애는 이미지다.

"크크큭. 루이젤드 스펠디아. 나는 너를 높게 사고 있다. 네가 내 부하가 된다면 마을 녀석들은 눈감아 주마."

"어머니, 눈감아준다고 하셨는데, 거절당하면 어쩔 생각입니까? 설마 다 죽이겠다는 건 아니겠죠? 그러면 이 자리에 있는 이들이 가만히 안 있을 텐데요?"

산도르의 눈빛이 날카롭다.

평소처럼 표표하고 장난스러운 분위기는 자취를 감추고, 냉기마저 느껴지는 표정으로 노려보았다.

"으음…. 어어…."

"부하로 삼고 싶은 마음은 알아요. 저도 아버지에게 스펠드족 전사단이 얼마나 강한지 들으며 자랐으니까요. 그 전사장 정도 되면 스카우트도 당연…. 하지만 순서라는 게 중요하죠. 어머니는 그걸 힘들어할지도 모르지만."

내닌바다. 아보쎄노 아늘 말은 듣는구나.

그렇긴 해도 역시나 산도르, 이 자리를 잘 정리해 주었다.

"그렇게 되었으니 루이젤드 님, 북신류를 배워 보지 않겠습니까?"

안 돼. 그걸 승낙하면 네크로스 요새로 끌려가게 된다. 악덕 권유다.

"루이젤드 님이라면 금방 북왕이나 북제가 될 수 있겠고, 북 신류에서 지위를 올리면 스펠드족의 평판도 좋아질 겁니다. 아 슬라 왕국의 폐하는 루데우스 님과 막역한 사이니까 북신류의 고수라면 스펠드족이라고 해도 기사로 임명할 수도 있겠죠."

술술술 권유의 말을 늘어놓는 산도르.

하지만 그 속마음이 보인다. 말하자면 존경하는 사람과 같은 직장에서 일하고 싶은 거겠지.

개인적으로는 그것도 괜찮을 것 같다.

혹시 비헤이릴 왕국이 스펠드족을 받아들이지 않는다면, 아 슬라 왕국으로 이동시켜서 아리엘의 주도로 보호할 수 있을 것이다.

어디서 살지는 조금 생각해야겠지만, 예를 들어 아슬라 왕 국의 북쪽에 있는 숲. 우리가 아슬라 왕국에 비밀리에 잠입할 때 지났던 거기라면 어떨까.

거기는 어느 나라에도 속하지 않은 모양이니, 누구도 뭐라고 하지 않겠지.

스펠드족 사람들은 더는 여행을 하기 싫은 눈치지만, 조금만 더 참으면 안전이 손에 들어온다고 생각하면 그 편이 좋을 것 이다.

"고마운 말이지만, 나는 한동안 이 마을을 떠날 생각이 없다.”

하지만 루이젤드는 그렇게 말했다.

“그렇군요…. 죄송합니다, 조금 성급했군요.”

뭐, 마을도 규모가 좀 된다.

사람은 한 번 터를 잡으면 떠나기 싫은 법이겠고, 가능하면 한동안 여기서 더 애써보자는 게 본심이겠지.

“크크, 아무튼 말이지. 루이젤드 스펠디아, 나는 너를 만나러 왔다!”

“그래.”

“크크, 크크크…. 그리 겁내지 마라. 지금은 한편이다. 마왕이란 같은 진영의 강자와 충돌하면서도 마음속으로는 인정하는 법이다. 그래, 나는 네 실력을 인정한다. 높이 평가한다는 말도 거짓은 아냐. 스펠드족 전사단은 정말로 강했으니까.”

“…그래. 훌륭한 전사들이었다.”

아토페도 산도르가 잘 달래준 덕분일까, 비교적 우호적인 태도였다.

애초부터 싸움을 걸러 온 건 아니었나 보다.

푸근한 얼굴인 것을 보면 인사라도 하러 온 걸까.

“…….”

문득 시선을 느껴서 돌아보니, 노른이 난처하다는 얼굴로 나를 보고 있었다.

몸을 잔뜩 움츠리고 있어서 몰랐는데, 그녀가 앉은 위치는 딱 아토페와 루이젤드 사이였다.

그 눈은 '어떻게든 해주세요'라고 호소하고 있었다.

나로서는 어떻게 할 수 없다고 고개를 흔들었더니, 그녀는 울 것 같은 얼굴을 했다.

제9화　귀신의 화해

싸움으로부터 나흘이 지났을 무렵, 제2도시 이렐에 사자로 보냈던 이들이 돌아왔다.

그들은 비헤이릴 왕국에게서 답변을 받아왔다.

편지 한 장으로 간추린 그것에는 길게 별의별 이야기가 적혀 있었다.

"비헤이릴 왕이 너를 만날 모양이다. 귀귀섬 전력을 어떻게 해준다면 스펠드족 일은 긍정적으로 생각해 보겠다고 한다."

하지만 그 긴 이야기를 요약하면 그런 느낌이다.

일단 이 마을의 존속을 허락해 줄 가능성이 크겠지.

꽤나 빠른 속도로 돌아왔는데, 급하게 쓴 건지 글씨가 좀 흐트러지긴 했지만 거기 찍힌 인장은 진짜였다.

귀귀섬 전력은 아토페가 두고 온 무어와 부하들 이야기다.

아토페의 명령으로 귀귀섬의 마을사람들을 인질로 잡고 농성하고 있다고 한다.

지금으로선 귀신이 그들을 억지로 쓰러뜨린다는 흐름도 아닌 모양이고….

뭐, 사후처리 이야기를 해보자는 소리다.

"…좋았어."

이쪽으로서는 스펠드족과 관련된 것 말고는 구태여 요구할 것도 없다.

기스에 대해 물어봐야겠지만, 그 정도다.

"그렇게 되었으니 다녀오겠습니다."

스펠드족을 몇 명 데려가자.

교섭 결과에 달렸지만, 스펠드족이 앞으로도 비헤이릴 왕국 안에 산다면 받아들여질 수 있도록 얼굴을 보여야겠지. 안 그러면 또 이번 일과 비슷한 사건이 생길지도 모른다.

물론 반대로 스펠드족을 본 시민단체가 반대 시위라도 할지 모르니까, 귀신과 스펠드족의 족장이 악수하는 세리머니라도 하고 싶군….

그렇게 생각하며 멤버를 선정했다.

전투에 대비하여 에리스, 아토페, 산도르, 루이젤드.

교섭역할로 미리스 교단의 크리프. 크리프와 동행하는 엘리나리제.

그리고 스펠드족 전사를 두 명 데리고 수도로 가기로 했다.

나머지는 스펠드족 마을에서 습격에 대비한다.

그리고 멤버는 아니지만, 포로도 반환이다.

뭐, 솔직히 말해서 포로 반환에 대한 요구는 없었다. 아주 슬픈 일이다.

하지만 성의다.

그렇긴 해도 교섭이 결렬될 수도 있으니, 카드 삼아서 한 명은 남겨두자.

그렇게 생각하며 나는 포로를 놔둔 집으로 이동했다. 거기에는 포로 두 사람이 대화도 없이 멍하니 앉아 있었다. 그들은 나를 보더니 의심 어린 눈을 했다.

"어떻습니까, 스펠드족 마을은?"

"……."

"꽤 좋은 곳이죠? 미인이 많고 아이들도 쌩쌩. 식사는 조금 야성적이지만, 맛은 나쁘지 않을 겁니다. 전사들은 무뚝뚝하지만, 인간에게 공격적이지 않다는 것을 이해해 주셨습니까?"

포로에게는 며칠 동안이지만 자유롭게 생활하게 했다.

물론 감시는 붙여두었고, 무기도 빼앗았고, 변장이 아니라는 것을 확인하기 위해 한 차례 옷을 벗기기도 했지만, 그 외에는 잘 대접한다는 마음으로 대했다.

스펠드족에게는 그들을 손님으로 대하라고 말했고, 실제로 스펠드족은 포로에게도 살해수었다.

그들을 구속하는 것은 없었다.

마을 안에서라면 마음대로 돌아다닐 수 있고, 마을 밖에도 스펠드족의 호위가 따라가는 조건으로 허락했다.

도망칠 것은 걱정하진 않았다. 인비지블 울프가 습격할 것을 걱정한 것이다.

더불어서 요 이틀 동안 인비지블 울프 사냥에 데려가서, 인비지블 울프가 어떤 마물인지도 확인시켜 주었다.

식사는 이 근처에서 얻은 재료로 만든 깃이다.

병에 걸릴까 봐 조금 불안했지만, 달리 먹을 게 없으니까 어쩔 수 없다.

아무튼 소카스 차를 함께 마시게 했다.

"…뭐, 생각 이상으로 우리가 소문에 휘둘렸다는 건 알았다."

기사들도 포로로 잡혔을 때는 절망했지만, 지금은 마음을 놓은 분위기였다.

아직 스펠드족의 장점을 다 전하지 못했다.

하지만 조금은 좋은 인상도 남은 모양이다.

한 명은 여기에 남아 있게 하자.

이랬는데 내가 없어진 순간 그 한 명이 얼굴의 마스크를 벗고 "크크크, 사실 나는 인신의 부하다."라고 말하기라도 하면 무섭겠지….

뭐, 랜덤으로 골랐고, 마을에 데려왔을 때도 공들여 신체검사를 했다.

올스테드도 크리프도 이번에는 잘 보며 확인했고, 이쪽 동료 중 몇 명을 남겼고…. 괜찮겠지.

"지금부터 나라와 교섭하러 갈 거라서 한 분을 데리고 돌아가겠습니다. 신분이 높은 쪽을 남기고 싶습니다만, 괜찮겠습니까?"

"알았다."

기사 중 한쪽이 끄덕이고 다른 한쪽이 일어섰다.

순순하군.

혹시 이 두 사람 사이에 개인적인 감정이 있어서 한쪽을 없애려고 하는 거라면 싫은데….

뭐, 일단 나라는 이쪽의 조건을 받아들이겠다고 말했다.

그럼 만나서 이야기를 해봐야겠지,

그렇게 생각하며 우리는 스펠드족 마을에서 출발했다.

그로부터 나흘 후.

국왕과의 교섭은 너무나도 간단히 성공했다.

비헤이릴 왕국의 국왕은 겁에 질려 있었다. 태도는 왕다운 느낌이었지만, 내 언동 하나하나를 신경 썼고, 에리스나 루이젤드, 아토페 같은 존재에도 겁을 먹었다.

뭐, 아토페에게 겁먹는 건 이해한다. 나도 그렇다. 무섭잖아.

그런 그는 말했다.

자신은 검신과 북신에게 협박을 받았을 뿐이라고.

거만한 말을 쓰며 우회적인 표현을 썼지만, 그렇게 설명해

주었다.

일단 반지를 전부 빼게 하고 흡마석도 사용해서 확인했는데, 기스가 변장한 것은 아니었다.

하지만 역시 기스가 관련되었던 모양이다.

완전히 당했다.

아무튼 포로의 이름을 말하며 강경하게 교섭하자, 곧바로 귀귀섬의 전력을 어떻게 해준다면 스펠드족을 전면적으로 용인하겠다고 대답했다.

우리도 거액의 배상금이나 영토를 내놓으라는 난제를 들이댈 생각은 없다.

애초부터 이 나라에 살고 이 나라에게 도움이 된 이들을 인정해달라는 것뿐이다.

그리고 토벌대를 억지로 움직여서 이 상황을 부른 것은 기스의 독단이다.

국왕으로서는 한숨을 내쉬면서 받아들일 수밖에 없겠지.

나아가 여기서 요구를 거절했다간 귀족과의 관계도 끊어진다. 귀족 포로를 비헤이릴 왕국이 저버리는 형태가 된다.

귀족과 친밀한 관계인 이 나라, 귀족과의 인연이 끊어지는 것은 이 나라의 종말을 의미한다.

그런고로 우리는 제3도시 헤이레룰로 왔다.

아득히 저 멀리에 화산 같은 섬이 희미하게 보이는 항구도시.

나는 여기서 대기하고, 아토페와 산도르가 귀귀섬으로 넘어가서 귀신과 교섭을 벌이기로 했다.

그 사자로 아토페와 산도르를 귀귀섬으로 보냈다.

나 자신도 귀귀섬에 가고 싶었지만, 1식이 배를 탈 수 없다는 게 문제였다.

1식의 무게를 견뎌낼 배가 없는 것이다.

귀신이 어떻게 움직일지 모르는 상황에서 1식과 멀리 떨어지지 않는 편이 좋다는 결론이다.

아무 일 없이 귀신과의 교섭이 진행되고 귀귀섬에서 포로 해방이 끝나면, 비헤이릴 왕국에서의 사건은 끝난다.

참고로 스펠드족은 지룡의 계곡 근처가 아니라 숲의 입구 근처에서 살도록 허락받았다.

역병의 원인은 결국 모르는 상태지만, 역병의 원인에서는 벗어날 수 있을 것이다.

이주는 다소 수고스럽겠지만, 내 일은 거의 끝이다.

마지막으로 귀신과 싸울 가능성을 고려해야겠지만….

검신도 북신도 이젠 없다. 승기는 있을 것이다.

기스가 아직 전력을 남기고 있다고 해도, 안 되겠다 싶으면 일단 숲까지 돌아가서 태세를 정비해도 된다.

"······."

그렇게 생각하면서 나는 에리스와 루이젤드를 호위로 데리고 등대에 올라가서 바다를 보았다.

오랜만에 보는 바다는 좋군.

바다는 넓고 크다. 맑은 하늘 아래 펼쳐진 대해원의 너머, 수평선 저편에 덩그러니 보이는 섬이 귀귀섬이라는 모양이다.

귀귀섬이라고 하니까 뭔가 섬 모양이 무시무시할 줄 알았는데 그냥 평범한 섬이었다.

이른바 화산섬인 모양인지, 산에서는 연기 같은 것이 오르고 있었다.

이렇게 보니, 웅대함이나 으스스한 느낌 같은 것은 있어도 흉흉한 느낌까지는 아니다.

어느 쪽이냐면 소박함이다. 온천 같은 게 있을 것 같다. 단순히 귀족이 살고 있으니까 귀귀섬이라는 이름이겠지.

물론 바다를 구경하자는 이유만으로 등대에 올라온 건 아니다.

이유는 대해원의 한 곳.

귀귀섬으로 다가가는 배에 있다. 아토페와 산도르가 탄 배다.

나는 이 등대에 오르면서 천리안을 써서 그들의 교섭을 지켜볼 생각이다.

그리고 교섭이 실패하여 귀신이 날뛰기 시작하거나 기스가 교섭 자리에 슬쩍 모습을 보이면, 이 위치에서 대규모의 마술을 날릴 요량이었다.

귀귀섬에 있는 무관계한 귀족을 끌어들이고, 비헤이릴 왕국과의 교섭도 날아갈지 모르는 계획이다.

하지만 혹시 진짜로 기스가 온다면 나는 쏜다.

"…저기, 루데우스, 잘 보고 있어?"

"보고 있어. 설명해 줄까?"

"필요 없어."

에리스의 말에 쓴웃음을 지으면서 정찰을 계속했다.

신기안느로 보이는 것은 섬의 일부, 해변뿐이다. 다만 그중 특히나 잘 보이는 위치에 사람들이 모여 있었다.

우리는 그곳을 교섭 자리로 정했다.

해변에서는 특히나 덩치 큰 귀족, 귀신 마르타가 보였다. 또 그 주변에는 전사인 듯한 귀족이 여럿 서 있었다. 몇 명은 붕대를 감은 모습인 것을 보면 전투가 몇 번 있었던 모양이다.

그들과 대치한 것은 검은 갑옷을 입은 으스스한 분위기의 기사들.

아토페 친위대다. 무어의 모습도 있었다.

그들도 다소 다쳤을지도 모르지만, 눈에 띌 만한 대미지는 없었다.

역시나 귀족의 전사단보다 압도적으로 강했다는 소리다.

그래도 귀신과 싸우면 어떻게 될지 모르겠지만, 마을을 인질로 잡은 상태다. 안 싸우겠지.

또한 아토페 친위대의 뒤에는 인질로 보이는 다섯 명 정도의 귀족 여자나 아이들이 묶여 있었다.

하지만 전투가 있었다면 사상자도 있었겠지.

이거 소란이 일어날지도 모르겠다.

그런 생각에 긴장하며 지켜보았지만, 아토페와 산도르가 도착한 후에 인질 중 절반을 그대로 풀어주더니, 귀신과 산도르가 뭐라고 대화를 나누고 해산하는 모습이었다.

무슨 이야기가 오갔는지는 모르지만, 귀신은 어깨를 축 늘어뜨린 기색이었다.

천리안은 소리를 못 듣는 게 문제로군.

"루데우스!"

제3도시 헤이레룰의 숙소에서 자고 있던 나는 에리스의 목소리에 일어났다.

"…왜 그래, 허니. 조금 더 자게 해 줘."

그렇게 생각하며 가슴을 주무르려는데 내 손을 쳐냈다.

이 사람은 너무 쌀쌀맞아. 바이올런스하고. 하지만 내가 잘못한 거지. 금욕인데 만지려고 했으니까.

"왔어!"

"뭐가?"

"녀석!"

에리스는 그렇게 소리치더니 방을 뛰쳐나갔다.

감각만으로 대화하는 건 그만 둬. 나처럼 지적인 사람은 모호한 단어를 이해할 수 없으니까.

"녀석⋯?"

나는 일단 모르는 채로 몸을 일으켰다.

멍한 눈을 비비고 창밖을 내다보니, 거기에는 검붉은 머리칼의 집단이 숙소 앞에 모여 있었다.

"비익힌사!

다급히 방을 뛰쳐나가서 1층으로 뛰어갔다.

"⋯⋯."

귀신은 숙소 앞에서 가부좌를 틀고 앉아 있었다.

그의 주위에는 귀족 젊은이들이 침통한 표정으로 그를 바라보며 서 있었다.

그들과 대치하듯이 에리스와 루이젤드 일행이 무기를 들고 대기하고 있었다.

내가 앞으로 나서자, 사람들이 비키며 길이 만들어졌다.

나는 귀신이 있는 곳으로 나아갔다.

그러자 산도르가 내게 귓속말을 건넸다.

"귀신이 화해하자고 합니다. 덮일 가능성은 없어 보여서 데려왔습니다."

"…알겠습니다."

이 이상 싸우지 않는다면 나도 뭐라고 하지 않는다.

산도르의 예상이 맞을지는 모르지만 기스의 책략 같지도 않고, 보아하니 에리스나 루이젤드, 아토페 같은 이들도 경계하지 않는 것으로 보였다.

이들에게 통하는, 경계심을 풀게 하는 뭔가가 있었던 걸까.

"……."

귀신은 나를 찌릿 노려보더니, 사실을 확인하는 듯한 목소리로 물었다.

"…네가, 대장이냐?"

"예. 루데우스 그레이랫. 책임자입니다."

"나, 마르타."

내가 고개를 숙이자, 마르타도 앉은 채로 고개를 숙였다.

"이야기, 있다."

"…물어보고 싶은 게 좀 있습니다."

나는 귀신을 따라서 지면에 털썩 주저앉았다.

상대도 같은 자세니까 실례되는 건 아니라고 믿고 싶다…고 생각했더니, 귀신의 옆에 있던 젊은이가 재빨리 내 옆으로 다가와서 귀신과 내 앞에 술잔을 놓았다.

거듭 말하는데, 술잔이다.

곧바로 술잔에 음료가 채워졌다. 내 것에는 아마도 이 지방의 술이.

귀신의 것에는 검은 액체. 아마 간장이겠지.

간장도 그렇고, 된장도 그렇고, 이 근처의 문화는 일본과 비슷한 걸까.

"마셔라."

"잘 마시겠습니다."

귀신이 단숨에 그것을 비우고, 나도 따라서 마셨다. 완전히 비우는 게 예의일지도 모르지만… 취하면 안 될 테니까 한 모금만.

자, 그런데 무엇부터 이야기할까.

일단 기초 문제일까. 당신은 사도입니까?

귀신은 그리 머리가 좋아 보이지 않는 외모다. 어려운 것을 알기 쉽게, 간결하게 전해야 한다. 에리스에게 뭔가를 가르칠 때처럼 자상하게.

"나, 이야기, 들었다."

조금 망설이고 있었더니 귀신이 입을 열었다.

"마왕, 마을 덮쳤다. 음식 빼앗았다. 용서 못 한다. 하지만 안 싸우는 녀석, 다 살아 있었다."

귀신은 그렇게 말하고 주위의 귀족을 둘러보았다.

다 살아 있어…?

전투가 있었으면 사상자가 나왔을 줄 알았는데…. 아니, '비전투원' 중에는 사상자가 없었다는 소리일까.

아투페도 그런 쪽으로는 분별력이 있었던 모양이다.

아니, 무어의 작전이겠지만.

"나, 네 집, 부쉈어도, 안 싸우는 녀석, 안 건드렸다. 마찬가지."

"……."

"귀족, 나라 지킨다. 나라, 너한테 패배 인정했다. 나, 귀족 대장. 더 싸울 이유, 없다. 그만, 한다."

아토페가 마을을 공격한 건 용서할 수 없다.

하지만 자기도 내 사무소를 공격했다. 그러나 비전투원은 공격하지 않았다. 그러니까 마찬가지.

귀족은 나라를 지킬 의무가 있지만, 나라는 이미 패배를 인정했다.

귀족의 우두머리로서 싸울 이유가 없다고 판단했으니까 화해하고 싶다.

그런 소리겠지.

"기스는 괜찮겠습니까? 뭔가 부탁받은 거 아닙니까?"

"기스, 너, 나라 없앤다고 했다. 그러니까, 도왔다. 하지만, 기스 도망쳤다. 너, 나라 안 없앴다. 이 이상 하면, 나라도, 귀족도 없어진다."

기스는 내가 비헤이릴 왕국을 없앴다고 말했다.

하지만 나는 그러지 않았다. 뿐만 아니라 기스는 도망쳤다.

이 이상 하면, 확실히 나라도 귀족도 멸망한다.

"기스, 거짓말했다. 더 안 믿는다."

하지만 나는 나라를 없애지 않았다. 전부 기스의 거짓말이었다.

"나, 항복한다. 나, 죽어도 좋다. 하지만, 안 싸우는 녀석, 목숨, 살려다오."

귀신은 그렇게 말하며 그 커다란 덩치를 앞으로 굽혔다.

머리가 땅에 닿을 정도로 엎드린 자세.

주위 젊은이들은 침통한 얼굴이었다. 여기서 내가 귀신을 죽일 가능성이 크다고 생각했겠지.

적을 죽이는 건 당연한 일이다.

그러나 그들은 그것을 바라지 않으면서도 따를 생각이다. 귀신이 죽고 자기들이 살아남을 수 있는 그 결말을.

왜 그렇게 비장할까.

의문스럽게 생각했지만, 그도 그런가. 나라가 패배를 인정했다는 소리는 귀신들도 뒷배를 잃었다는 소리다. 전력은 이쪽이 위고, 계속 더 싸우려고 하면 우리는 귀귀섬을 유린할 수 있다. …나로서는 그럴 필요도 없는 일이지만.

자, 죽여야 하나, 살려야 하나.

귀신은 기스를 더는 안 믿는다고 말했다. 거짓말을 할 것 같진 않은 양반이고, 믿어도 좋겠지.

귀신은 더듬더듬 말하지만 결코 바보는 아닌 모양이다.

내 해석이 맞는다면, 말 자체는 논리정연했다. 지능지수는 붕사마죽보다 위인 것 같다.

그렇다면 의외로 거짓말일 가능성이 있다.

"……."

잠시 생각한 뒤에 나는 한 가지 물었다.

"귀신님, 당신은 인신의 사도가 아닌 거군요?"

"아니다. 기스, 인신의 이름 말했다. 하지만, 나, 그 녀석 모른다. 알아도, 섬, 중요."

귀신의 눈에는 힘이 있고 흔들림 없고 맑았다.

이런 눈으로 거짓말을 할 수 있다면, 나는 더 이상 아무것도 믿을 수 없을 것 같다.

"받아들이겠습니다."

그렇게 말하자, 주위가 안도한 분위기에 휩싸였다.

살려두는 편이 좋다. 그편이 나중에 도움이 된다.

"하지만 귀신님, 당신은 기스와 싸워 줘야겠습니다. 도망치거나 배신하면, 미안하지만 섬을 공격하겠습니다."

기스의 덫을 없애는 것을 생각하자면 이게 좋겠지.

귀신과 귀족은 끈끈한 유대로 이어져 있다. 협박은 좋아하지 않지만, 중요한 순간에 배신당하는 것도 안 되지.

"알았다. 싸우는 거, 나 혼자냐?"

"아뇨, 우리와 함께 싸웁니다."

"그럼, 나 죽은 다음, 안 싸우는 녀석, 어떻게 되나?"

"다른 귀족들이라면 우리 중 누군가… 살아남은 이가 책임을

지고 보호하겠습니다."

"음. 거짓말 아니길."

귀신은 끄덕였다.

그러자 방금 전의 젊은이가 또 귀신의 잔에 간장을, 내 잔에 술을 따랐다.

귀신이 그걸 손에 들고 높게 들었다. 나도 따라서 높게 들었다.

"귀족의 뿔에 걸고."

"……용신의 이름에 걸고."

내가 석낭히 대답하자, 귀신은 아주 진지한 얼굴로 끄덕였다.

"음."

그리고 잔을 비웠다.

이렇게 귀신과의 싸움도 끝났다.

그날 밤, 헤이레룰 근처의 해변에서 술잔치가 벌어졌다.

귀족의 술을 창고에서 꺼내 와서 모두 우리에게 나누었다.

귀족에게는 씨운 뒤에 화해들 하면 술을 나눠 마시는 습관이 있는 모양이다.

술을 마시고 전부 물에 흘려보낸다. 그것이 귀족식 화해라는 모양이다.

나는 귀족이 권하는 대로 마시다가, 중간부터는 한계에 도달해서 아토페에게 맡겼더니 그대로 귀신과 아토페의 술 마시기 대결이 시작되었기에 슬쩍 빠져나왔다.

나는 해독으로 숙취를 없앤 뒤에 한동안 연회를 지켜보고 다녔지만, 문득 어떤 인물이 없는 것을 깨닫고 파도치는 해안으로 가보았다.

그곳에서 산도르가 혼자 마시고 있었다.

"아, 오셨습니까."

"옆에 앉아도 될까요?"

"물론이죠, 앉으시죠."

나는 그의 옆에 앉아서 가볍게 숨을 내뱉었다.

이렇게 떨어진 장소에서 그가 무슨 생각을 하는 걸까. 그건 둔한 나라도 알 만한 것이다.

알렉 생각이겠지.

그는 마지막에 알렉에게 항복권고를 했다. 북신이라고 해도 아들과 적대하여 죽이고 싶지는 않을 것이다.

물론 나는 알렉을 죽인 일을 사죄할 생각은 없다.

혹시 내가 거기서 물러났으면, 거기서 알렉을 놔줬으면, 어쩌면 이 연회는 없었을지도 모른다. 북신은 기스와 합류해서 귀신과 손을 잡아 다음 공세에 나섰을지도 모른다.

실제로 산도르도 그 판단이 틀렸다고 생각하지 않겠지.

산도르가 뭐라고 한 건 아니지만, 그런 쪽으로는 마음을 잘 정리했을 것이다.

"알렉의 일은 안타깝게 됐습니다."

"예."

하지만 틀리지 않은 것과, 그 점에서 대해 입 다물고 있는 것은 다르다.

"그 아이는… 예전부터 재능이 있어서 말이죠. 검을 들면 누구보다도 능숙하게 휘두르고, 마물과 싸우면 순식간에 약점을 간파하고. 또래 중에서 그에게 이길 자는 없었죠."

"……."

"그러니까 저도 기대했습니다. 왕룡검을 물려주고 북신의 이름을 계승하라고 말했습니다. 하지만 어쩌면 그게 잘못이었을지도 모르겠습니다."

알렉은 영웅에 집착하고 있었다. 망집처럼.

"북신은 결국 이름에 불과한데. 그는 거기에 집착했죠."

산도르는 그렇게 말하고 잔을 비웠다.

나로서는 할 수 있는 말이 없었다. 앞으로 이런 경험을 더 쌓으면 북신이라고 하기에 어울리는 뭔가가 몸에 배지 않을까 싶지만, 나로서는 할 말이 없었다.

알렉은 이미 없으니까.

"뭐, 다 지나간 일입니다. 저는 한동안 고민하겠지만, 루데우스 님이 마음에 두실 필요는 없습니다. 그런 싸움이었다, 그것뿐입니다."

"…그럴까요."

"루데우스 님은 자식이 많다고 들었습니다. 그럼… 또 생각해야 할 때가 오겠죠."

자식에게 뒤처진 부모의 마음. 나는 아직 모른다. 앞으로 알고 싶지도 않다.

"어찌 되었든 제 아들의 명복을 빌며."

"예."

그걸로 대화가 끊어졌다.

앞에서 울리는 파도 소리, 뒤에서 울리는 연회 소리. 그런 BGM 속에서 이번 싸움에 대해 이야기 하니, 이 싸움이 진짜로 끝이라는 실감이 들었다.

기스를 쓰러뜨리기커녕, 모습도 보지 못했는데 끝.

그 사실 때문에 이미 끝난 싸움에 약간의 불안감이 싹텄다.

결과적으로 이번 싸움은 압승에 가까웠다.

하지만 아슬아슬했던 부분이나 운의 요소가 강했던 부분도 있다.

다음은 어떻게 될까. 이번과 비슷하게 행동해서 승리를 얻을 수 있을까. 힘들지도 모른다. 기스는 이번 싸움을 보고 다른 작전을 세우겠지.

"결국 인신의 마지막 사도는 누구였을까요."

그런 말이 나왔다.

검신은 아니다. 북신도 아니다. 귀신도 아무래도 아닌 모양이다.

기스와 명왕 비타는 확정이고, 나머지 한 명을 모르겠다.

귀신의 말로는 기스가 도망쳤다고 한다. 내 예상이 맞다면 이번에 나타나지 않았던 인물을 데리고 도망쳤을 것이다. 다음을 대비해서 전력을 온존한 것이다.

하지만 뭔가. 뭔가 하나 잊은 것 같다.

조각이 하나 부족하다. 또 한 명 사도가 있을 텐데, 그 후보에 대해 들었을 텐데, 나오질 않는다.

"그렇군요. 솔직히 저도 잘 모르겠습니다. 어쩌면 다른 장소에서 다른 사노가 움직이고 있을지도 모릅니다."

다른 장소에서 다른 사도.

그 말을 듣고 떠오른 것은 우리 집이었다.

귀신은 우리 집을 공격하지 않았다. 하지만 다른 이가 손을 뻗고 있을 가능성은 있다. 우리는 아직 돌아갈 방법이 없다. 손은 쓰고 있지만… 하지만 예정보다 늦다.

지금쯤 샤리아에서 싸움이 일어나지 않았을까.

"휴우…."

고민해도 소용없다.

답답하기 히지만, 그곳에 있는 사람늘에게 맡길 수밖에 없다. 다만 자식을 먼저 보낸 부모의 마음을 맛보고 싶지는 않다. 그런 마음을 맛보고 싶지 않으니까 나는 싸우고 있는 것이다.

그런 마음을 밀어내듯이 나는 술을 한 모금 입에 흘려 넣고 그대로 넘겼다.

얼른 돌아가고 싶다.

"어라?"

문득 산도르가 고개를 들었다.

바다 너머를 보았다.

"뭔가 있군요?"

그 말에 나도 바다를 보았다.

현재 시각은 밤. 바다는 시커멓고 아무것도 보이지 않는다. 그저 파도 소리만 들려왔다.

천리안을 써도 역시 보이지 않았다.

"어디서 말입니까?"

"저기 말입니다. 다가오고 있군요."

여전히 시야에는 아무것도 비치지 않았다.

한동안 눈을 부릅뜨고 있었지만, 역시 아무것도 보이지 않았다.

산도르는 취해서 헛것이라도 본 게 아닐까.

"불이라도 켤까요?"

"…정말로 보이지 않습니까?"

"안 보입니다. 산도르 씨의 눈이 너무 좋은 거 아닙니까?"

산도르는 의아한 눈치로 눈썹을 찌푸렸다.

분명히 천리안을 가진 이가 할 말은 아닐지도 모른다. 어쩌면 내가 취해서 엉뚱한 곳을 본 걸까. 더 위라든가?

"…설마! 루데우스 님, 마안을 닫아보세요!"

"예? 아, 예."

눈을 감았다.

"그게 아니라 마안에 넣는 마력을 최대한 줄여서 없애는 쪽으로!"

"……."

나는 시키는 대로 마안의 마력을 끊었다.

예견안도, 천리안도.

평범한 눈으로 보도록.

"…어?"

그러자 보였다.

지금 파도 치는 저편에서 해변을 향해 올라오려는 존재가.

그 녀석은 컸다. 2미터 반… 귀신과 비슷할 정도로 컸다.

그 녀석은 황금 갑옷을 걸치고 있었다.

그 녀석은 여섯 개의 팔을 가지고 있었다.

그 녀석은, 그 녀석은 어깨에 사람을 태우고 있었다.

어깨에 탄 사람은 이상한 무늬가 들어간 로브를 걸치고 있었다.

로브의 후드를 걷자, 낯익은 얼굴이 보였다.

"여, 선배랑 여기서 만나나…."

원숭이 얼굴의 남자….

기스.

기스 누카디아!

"이런, 들키지 않고 상륙하나 했더니, 갑자기 이런 전개인가. 잘 안 풀리네."

"푸하하하, 계획대로 일이 진행된다고 생각하지 않는 게 좋다."

"하하, 맞는 말이야."

기스에게 대답한 것은 황금 갑옷을 입은 남자.

귀에 익은 목소리. 이 웃음소리는 잊을 수 없다.

"바디 폐하…."

바디가디.

왜 여기서, 왜 그런 걸 입고, 왜 기스와 함께.

설마, 귀신이 배신했나?

아니면 산도르가 불렀나?

하지만 설마, 아니, 하지만, 어?

수많은 생각이 스쳐 지나갔지만 말이 나오지 않았다.

내 몸 깊숙한 곳에서 정체 모를 떨림 같은 것이 치솟았다.

이 황금 갑옷은 위험하다. 뭐가 어떻게 위험한지는 모르지만, 그 무서움, 흉흉함은 안다.

이건 내가 맨몸으로 싸우면 그대로 죽는 레벨의 상대다.

"오랜만이군, 루데우스. 그리고 알렉스."

산도르도 멍한 기색이지만, 그 이마에는 진득하게 땀이 맺혀

있었다.

곧바로 공격해야 하는데 움직일 수 없다.

그런 느낌이 지금의 산도르에게서 엿보였다.

"숙부님. 왜 여기에?"

"뻔하지 않나. 내가 인신의 사도이기 때문이다!"

당당하게, 주눅 드는 일 없이, 말했다.

마지막 사도라고.

"…아아."

그래. 그렇군.

여러 차례 듣지 않았나.

올스테드도 키시리카도, 바디는 사도일 가능성이 있다고 말했다.

그리고 루이젤드를 스펠드족 마을까지 데려온 인물은 다름 아닌 바디가다.

왜 잊고 있었을까. 마지막 조각이 제자리를 찾은 느낌.

"인신의 요청으로 루이젤드를 스펠드족 마을에 데려다주고, 싸움에 대비해 중앙 바다에 가라앉았던 이 갑옷을 회수하러 다녀왔지. 명왕 비타, 검신, 북신, 귀신과 칼을 나누고 도망칠 곳을 잃은 너희를, 그리고 용신 올스테드를 쓰러뜨리고 내가…."

"형씨, 형씨."

"뭐냐? 남이 모처럼 기분 좋게 말하고 있는데…."

"말이 너무 많아. 거기까지 말할 필요 없어."

"흠, 재미없는 남자로군. 책략은 밝힐 때가 재미있는데."

기스는 뺨을 벅벅 긁으면서 어깨를 으쓱였다.

하지만 나도 마음속으로 납득했다.

나는 옳았다. 검신과 북신과 귀신. 그들은 인신의 사도가 아니었다.

그리고 혹시 북신 칼맨 3세를 놓쳤으면 싸움은 계속되었을 것이다. 토벌대는 해산하지 않고, 그대로 숲은 사이에 들 늪씨름이 이어졌을 것이다.

그동안 그들은 귀귀섬에 상륙.

아토페 친위대를 박살내고 귀신의 근심을 해결.

북신과 귀신에게 그렇게 고전했다. 거기에 바디가 가담하면 우리에게 승산은 없다.

하지만 지금이라면.

명왕이 죽고, 검신이 죽고, 북신이 죽고, 귀신은 항복한 지금이라면.

상대는 기스와 바디뿐이다.

"아니, 알고 있어, 선배. 선배가 숲에서 승리한 건 인신에게 들었거든. 이제 와서 어슬렁어슬렁 나와 봤자 승산은 없다는 소리겠지?"

기스는 전투 쪽으로는 도움이 안 된다.

그러니까 이길 수 있다….

이길 수 있다…고 생각하는데, 이 여유는 뭐지?

"하지만 정말로 그럴까? 이쪽 분은 정말로 전설이거든?"

전설이라는 말에 바디가 가슴을 떡 하니 폈다.

"4200년 전. 마룡신 라플라스와 대등하게 싸운 최강의 마왕…."

꿀꺽 침을 삼켰다.

바디가 입고 있는 황금 갑옷이 그 존재를 증명하듯이 빛났다.

"투신 바디가디다. 혼자서도 충분하겠지?"

역시나. 역시 이게 투신갑옷인가.

온몸에서 나오는 기이한 기운. 전력을 낸 올스테드를 앞에 두었을 때 같은 한기.

못 이긴다고 본능적으로 깨달았다.

순간 바디가디가 팔짱을 풀고 팔을 펼쳤다.

"나는 투신 바디가디! 용신의 부하 '진흙탕' 루…."

"내 이름은 알렉스 칼맨 라이백! 북신 칼맨 2세다! 불사신의 마왕 바디가디에게 일대일 결투를 청한다! 불사마족의 명예를 걸고 위풍당당하게 받아들여라!"

바디가 굳어 버렸다.

그리고 난처하다는 듯이 옆에 있는 기스를 보았다.

"음… 나는 루데우스에게 결투를 청할 생각이었는데."

"거절하면 되잖아."

"그럴 순 없지. 마왕인 자, 결투는 받아들여야 한다고 옛날부터 정해져 있다."

황당하다는 표정의 기스.

인신이라면 몰라도 기스는 역시 제대로 고삐를 다루지 못하는 걸까. 나도 바디가디나 아토페 같은 이들을 제어할 순 없을 것 같지만.

"루데우스 님."

산도르가 귀엣말을 건네 왔다.

"여기선 제가 시간을 벌겠습니다, 그 사이에 철수해서 전력을 정비하고 대책을 짜 주세요."

"산도르 씨는?"

"살아선 못 돌아가겠죠."

숨이 막혔다.

곧바로 대답할 수 없었다. 하지만 고개를 끄덕일 수는 있었다.

나는 지금 맨몸이다. 근처에 1식이 있다고 해도 지금 이 순간은 맨몸이다.

안전선의 이야기가 아니다. 승산이 전혀 없다.

둘이서 싸워도 방해만 될 뿐. 여기서 내가 싸우는 건 디메리트뿐이지, 메리트가 될 게 하나도 없다.

"부탁…하겠습니다."

나는 그렇게 말하고 마을로 달려갔다.

뒤에서 거세게 울리는 금속음을 들으면서.

막간 갑옷

내가 이 세상에 태어나고 얼마 되지 않았을 무렵, 아버지에게 어떤 것을 배웠다.

'이 세계에는 적대해선 안 되는 자가 한 명 있다.'

그 이유에 대해 물었지만, 아버지는 모호한 말을 할 뿐, 대답해 주지 않으셨다.

나에게는 그립고, 그리고 얼마 안 되는 유년기의 기억이지.

시간은 흘러서 제2차 인마대전이 종결되었을 무렵, 이런 소문이 돌기 시작했다.

'이 세계에는 적대해선 안 되는 자가 세 명 있다.'

오오, 참 재미있구먼. 셋으로 늘어났다.

하지만 그 내용을 처음 들었을 때 나는 크게 웃음을 터뜨렸지.

바로 그 세 명이란 것이,

용신.

마신.

투신.

세 명이었으니까.

무심코 '그럼 네 명 아닌가?'라고 되물었을 정도다.

본래 여기에 기신도 포함될 테니까.

하지만 어쩔 수 없는 일이지. 애석하게도 기신을 본 적 있는 자는 거의 없고, 존재조차도 불확실했으니까.

다만 모든 것을 아는 지혜의 마왕인 나는 세 명이든 네 명이든 결과적으로 똑같다는 것을 알고 있다.

적대해선 안 되는 자의 정체는 애초부터 한 명.

마룡신 라플라스.

과거 제2차 인마대전에서 둘로 나뉠 때까지 항상 정점에 있었고, 나뉜 뒤에도 세계에 위협적으로 군림하고 있다. 틀림없이 세계최강이지.

나도 콧대 높아진 젊은이를 볼 때마다 '이 세계에는 적대해선 안 되는 이가 세 명 있다'고 말해왔다. 특히나 북신 칼맨 등은 그게 마음에 들었는지 틈만 나면 말하는 모양이다. 금방 남에게 영향을 받는 녀석이었으니까.

자, 그러고 보니, 지금 젊은이들에게 '적대해선 안 되는 자'를 들라고 하면 또 다른 세 명이 나올지도 모르지. 북신 칼맨의 이름을 드는 자도 있겠지.

라플라스의 위협이 물러가고 벌써 400년이나 지났으니까.

그러니까 그건 좋다.

결국 내가 하고 싶은 말은, 라플라스는 무시무시하게 강했다는 것이다.

나도 그럭저럭 오래 살아오긴 했지만, 그 남자 이상의 위협을 본 적은 없다.

하지만 아무래도 인신의 말로는 그 이상의 위협이 존재한다는 모양이다.

그것이 이번 대의 용신.

용신 올스테드.

저 용신 울펜에게서 이어진 용신의 기술을 계승한 남자야. 분명히 100대째라고 그랬던가?

그렇게 오래되었다고는 생각하지 않지만, 저 울펜도 숫자는 대충이었으니까 몇 대째인지는 아무래도 좋을지 모르지.

아무튼 이 용신 올스테드가 엄청나게 강하다는 모양이야.

정말로 마신과 기신을 능가할 정도로. 설령 상대가 마룡신 라플라스라고 해도 이길 정도로.

믿을 수 있겠냐고 한다면 아무래도 고개가 갸우뚱거려지는 이야기지.

나도 라플라스와 한 번 싸운 적이 있지만, 그 무시무시함은 필설로 다하기 어렵지.

그 이상이라면 상상도 안 가는군! 푸하하하하!

그렇긴 해도 그 약삭빠른 인신이, 이 땅에 사는 모든 것을 얕잡아보고, 라플라스조차도 개의치 않는 방약무인이 용신 올스테드만큼은 경계한다.

어떻게든 그 얼굴이 무서운 남자를 막지 않으면 죽는다고 고심하면서도 그러지 못하고 있다.

녀석이 나에게 고개까지 숙였다.

그것만으로도 신뢰성은 충분하겠지.

자, 그렇게 강력한 존재에게 맞설 자가 있을까.

답은 '아니오'다.

저 마룡신 라플라스조차도 맞설 이가 한 명도 없었다. 나도 자세하게는 모르지만, 1만 년 이상 동안 용신은 최강으로 군림했다고 아버님은 말씀하셨지.

그건 그래. 최강의 육체를 가지고, 무적의 갑옷을 걸치고, 최고의 무술을 쓰는 용신에게 이길 수 있는 자가 있을 리가 없지.

400년 전의 라플라스 전쟁에서 절반의 힘밖에 없는 마신 라플라스조차도 일곱 영웅의 힘으로 봉인하는 게 고작이었다.

어허, 끝까지 말하지 마라. 의문이 하나 있다고 말하고 싶은 거겠지?

왜 지금 현재 마룡신 라플라스는 없냐고.

왜 기신 라플라스와 마신 라플라스로 나뉘고, 용신의 이름은 올스테드이었냐고.

답은 하나.

투신의 이름을 가진 자가 또 한 명 나타났으니까.

또 한 명의 투신이란… 뭐, 단순한 도둑이지만.

음. 어느 남자가 라플라스가 만든 최강의 갑옷 '투신갑옷'을 훔친 것이다.

아니, 이 투신갑옷이란 놈이 무시무시하게 강해서 말이지.

정말로 신이라도 타도하기 위해 만들었나 싶을 정도의 힘을 장착자에게 주는 것이었다.

뭐, 보통사람이라면 몸에 걸친 시점에서 죽을 만한 것이기도 하지만… 보통사람이 아니더라도 몸에 걸치면 얼마 후에 죽는 것이기도 했지만…. 저 마룡신 라플라스가 제2차 인마대전 종반에는 더 이상 장착하지 않고 싸울 정도로 위험한 물건이었지만….

아무튼 갑옷의 힘을 얻은 도둑은 마룡신과 싸워서 함께 쓰러지는 결과에 이르렀다.

얄궂은 이야기야. 자기가 만들어낸 갑옷에게 당했으니까.

"…이야기가 길어. 그래서 결론이 뭐야?"

"즉, 투신갑옷이 있으면 저 용신 올스테드조차 타도할 수 있을지 모른다! 라는 소리지!"

"없으면?"

"패배는 확실하다. 저 젊은 북신이나 이빨 빠진 검신은 부정하겠지만, 용신의 강함은 실제로 붙어보고 살아남은 내가 제일 잘 안다. 녀석만큼은 차원이 다르다."

"……."

"나도 불사마족이지만, 싸우면 죽겠지. 녀석은 불사마족을 죽이는 방법을 알고 있으니까."

"그럼 어떻게 해?"

"뻔하지 않나, 가지러 간다."

"말로는 쉽지만, 그렇게 위험한 갑옷, 설마 너희 집 창고에 놔둔 건 아니겠지?"

"도달하기 어려운 장소에 엄중히 봉인해 둔 모양이야!"

"그거 큰일이네. 그럼 쉽게 가지러 갈 수도 없잖아."

"푸하하하하, 내게는 창고나 마찬가지지!"

"나한테는 아니라고 생각하는데   ."

기스는 기가 막힌 눈치로 한숨을 내쉬었다.

그렇긴 해도 이미 늦었다.

우리의 눈앞에 있는 것은 크게 입을 벌리고 있는 구멍이다.

바다 한가운데, 군데군데 얼굴을 내민 암초. 이상할 것 하나 없는 평범한 바다 한 곳에 50미터 정도의 구멍이 뻥하니 나 있다.

그 구멍에서 물이 콸콸 솟구쳤다.

그래, 흘러들어가는 게 아니라 솟구친다. 자, 그 물은 어디서 생겨나서 어디로 사라지는 걸까.

아는 이가 본다면 구멍에서 엄청난 마력이 방출되고 있음을 알겠지.

그 이는 이란 바로 나 같은 자 말이야.

"위험한 공기가 가득하네."

"호오, 알겠나?"

"전에 S랭크 전이미궁을 공략한 적이 있는데, 그거랑 비교도 안 돼…."

"푸하하하! 당연하지. 이 미궁은 다른 미궁과 차원이 달라. 제2차 인마대전에서 발생한 마력의 집결지점. 광대한 대지가 사라진 장소, 수천만 마족들의 영혼이 방황하는 곳."

"세계3대미궁 중 하나 '마신굴'이다."

히익 하고.

내 어깨에 올라탄 기스의 목에서 소리가 났다.

미궁이란 것은 흔히 마력이 농밀한 장소에 발생한다.

마력의 정체는 아직 불명이지만, 동물이나 식물을 변이시키고, 때로는 무기물까지 변화시킨다.

미궁도 그렇게 변화한 동굴이나 유적의 일종이겠지.

마력이란 것은 많이 모이면 모일수록 사람에게 불리한 결과를 가져온다.

마물이 늘어나고, 나무들로 뒤덮이고, 때로는 병을 일으킨다. 우리 마족이라면 몰라도 인간은 단번에 대량의 마력을 쬐면 몸이 상하는 법이다. 최근에는 의외로 인간도 튼튼해진 모양인지, 그런 사례는 좀처럼 들리지 않지만.

마력이 모이는 법칙은 모르겠지만, 마력끼리 서로 끌어당기는 성질이 있는 건지, 마물은 인간을 습격하여 마력을 먹고, 미궁은 안에서 죽은 생물을 흡수한다.

고로 사람들은 마력이 적은 장소에 마을을 만들고 번영해왔다.

현재 도시나 마을이 있는 장소도 마력밀도가 낮은 장소다.

과거에 키시리카의 성이 있던 기카리스 시가지도 그렇다.

마대륙에서 거기만큼 마력밀도가 낮은 장소는 없지.

지금은 그렇지도 않은 모양이지만.

참고로 아토페의 요새만큼은 별개다.

마물이 많은 장소에 살면 마왕답게 보인다는 생각이겠지. 내 누이지만 참 단순해.

자, 미궁 이야기로 돌아갈까.

미궁은 농밀한 마력이 소용돌이치는 장소 즉, 마력이 고인 곳에 흔히 발생한다. 더 진하며 진할수록 미궁은 넓고 깊고 난해하게 변한다.

고로 미궁은 숲속이나 황야, 산 등, 사람들이 사는 장소와 먼 곳에 발생하는 일이 많다.

그런 장소는 애초부터 마력이 진하기에 마력도 고이기 쉬운 것이다.

마력이 고이는 현상 자체는 자연스럽게 발생하지만, 그것도 한도가 있다.

한도를 넘은 마력은 어떤 의미로 인공적으로 만들어진다.

죽음이다.

사람이 죽으면 마력이 남는다.

물론 일반적으로 마력은 바로 흩어지든가, 사체를 언데드로 만들기 위해 사용되지만.

하지만 좁은 범위에서 사람이 대량으로 죽으면 마력끼리 서로 끌어당기는 성질에 따라서 흩어지지 않고 모이기 시작한다.

제2차 인마대전의 마지막, 나와 라플라스의 싸움으로 생겨난 폭발은 대륙과 함께 대량의 인간을, 동물을, 마물을 죽였다.

그렇게 생겨난 마력은 폭발의 기점에 모여서 하나의 미궁을 만들었다.

그것이 마신굴.

적룡산맥의 용명산에 있는 '용신공', 천대륙에 있는 '지옥'과 어깨를 나란히 하는 최악의 미궁이지.

"휴우…. 그래서 여기에 내려가는 거야?"

그 내부를 탐색하는 것은 굉장히 어렵다.

일단 입구에서 제1층까지 2천 미터 정도의 세로굴이다.

벽면을 역류하는 폭포. 폭포 뒤에는 인간 하나 정도야 가볍게 삼켜버릴 정도의 바다뱀이 대량으로 살고 있다.

여기를 정석대로 통과하려면 나라도 사흘은 걸리겠지.

"인신은 뭐라고 했지?"

"뛰어내리라고. 뱀은 수면을 흘러가는 녀석에게는 민감하지만, 공중에서 떨어지는 녀석에게는 무관심하다면서."

"푸하하하, 그럼 간단하지! 토옷!"

"우와앗!"

이 몸은 점프!

기스를 어깨에 태운 채로 공중으로 뛰니시, 긴 성에 따라 구멍 중앙으로.

온몸에 바람을 맞으면서 나락의 밑바닥으로 떨어졌다.

음. 낙하의 감각은 언제든 기분 좋은 법이야.

자, 전에 높은 곳에서 낙하한 게 언제였더라. 적룡산맥의 절벽 위에서 떨어져 내렸을 때였던가, 아니면 마대륙의 대협곡에서 뛰어내렸을 때였던가.

나는 키시리카나 아토페처럼 하늘 높이 날아오르는 일이 별로 없기 때문에 오랜만이로군.

오, 수면에서 수많은 눈동자들이 바라보고 있군.

저게 바다뱀인가.

우리가 수면에 손이라도 대면 바로 튀어나와서 공격하려는 계산이겠지.

분명히 이름은 '수룡룡'인가 하는 재미도 없는 이름이었지만.

어떻게 봐도 드래곤이 아닌데, 머리가 도마뱀이라면 뭐든지 용이라는 이름을 붙이는 게 인간의 안 좋은 버릇이야.

그렇긴 해도 마물은 항상 인간을 습격하는 법이지만, 때로는 이렇게 기다리는 존재도 있다. 재미있는 일이야.

"어, 어이, 제대로 착지할 수 있는 거겠지!"

"푸하하하하! 나는 이래 보여도 착지가 특기거든!"

"진짜겠지!"

의심도 많은 남자로군.

하지만 기스가 걱정하는 게 당연하다.

구멍 밑바닥은 어둡고, 착지지점은 잘 안 보인다.

나로서는 실감이 안 나지만, 내가 착지를 실수할 거라 생각해도 어쩔 수 없지.

"가볍게 착지!"

뭐, 실수는 없지만.

두 다리가 땅에 닿는 동시에 무릎을 써서, 뼈를 부숴가면서 최대한으로 써서 충격을 죽이고, 또 허리뼈도 부수고 몸의 내장을 쿠션으로 삼아서 상반신으로 가는 기세를 죽였다.

또 여섯 개의 손을 써서 기스를 들어 올려 그 팔꿈치로 충격을 완전히 죽인다.

그야말로 완벽하다.

"크헉!"

그렇게 생각했는데 기스는 폐의 공기를 전부 토해내며 창백

한 얼굴을 하고 있었다.

"쿠, 쿨럭, 쿨럭…."

몇 초 동안 침묵한 뒤, 기스는 크게 기침을 하면서 호흡을 되찾았다.

그 정도로 호흡곤란에 빠지다니 약하구먼.

"맞지?"

"…뭐, 대충."

불만인 모양이지만, 생명에 지장이 없는 이상 뭐라고 할 순 없겠지.

"어디 보자."

제1층.

거대한 구멍 아래에 펼쳐진 것은 또 광대한 지저호수였다.

물 안에서 거대한 기둥이 솟아서 천장을 떠받치고 있지만, 신기하게 천장에도 물이 고여 있었다.

위도 아래도 홍수. 어디의 유적에 있는 수수께끼 같구먼.

드문드문 육지는 보이지만, 호수 끝이 보이지 않는다. 여기서 더 아래로 가려면 물속에 잠수할 수밖에 없는데….

이 호수의 밑바닥에 있는 섯은 가오리 게 같은 마물이다.

정말로 작아서, 새끼손가락 끄트머리 정도 크기도 안 된다.

그런 게가 밑바닥에 모여 있다.

언뜻 봐선 대단한 위협도 아니지만, 적이 어느 정도 깊이까지 들어오면 일제히 공격해 와서 몇 초 만에 뼈로 만든다.

나라면 견딜 수 있겠지만, 기스는 해골이 되겠지.

참고로 여기서부터는 마물에게 이름이 붙지 않았다. 누구도 여기까지 온 적이 없으니까.

혹시 라플라스가 살아 있었으면 여기에 와서 마물 하나하나에 이름을 붙였을지도 모르지만.

듣자하니 녀석은 그렇게 꼼꼼한 남자였다고 하고.

"푸하하하하! 여기부터는 어떻게 하지?"

"잠깐 기다려."

기스는 그렇게 말하며 내 어깨에서 내려오더니 눈을 감았다.

그리고 그 자리에서 세 번 빙글빙글 돌고 팔을 들었다.

"저쪽이야."

"푸하하하하! 재미있군! 그건 네 종족의 주술 같은 것인가?"

"아니, 인신이 이렇게 하면 앞으로 갈 수 있댔어."

"푸하하하하! 답을 알아왔나! 재미없군! 미궁 탐색이라면 꼼꼼하게 지도를 만들어가는 것 아닌가?"

"나한테 그런 여유는 없어!"

그렇겠지.

나로서는 이렇게 넓은 공간 중 딱 한 곳에 있을, 아래층으로 향하는 통로를 찾는 자잘한 작업은 싫지 않다.

하지만 단명하는 종족은 아무래도 시간 낭비를 줄이고 싶어한다.

그런 낭비야말로 중요한데.

"푸하하하하! 그럼 갈까!"

"그래."

나는 일단 웃고 기스를 등에 태운 뒤, 너무나도 조용한 지저호를 헤엄치기 시작했다.

아득히 아래쪽에서 뭔가 꿈틀거리는 것을 느끼지만, 녀석들이 올라오지 않는다고 확신하면서.

그렇게 얼마나 헤엄쳤을까.

기스가 내 등에서 졸린 눈지늘 보이끼 '시작했을 무렵, 지저호에 섬이 덩그러니 있는 게 보였다.

상륙해 보니 바닥은 돌로 만들어졌고, 중앙에는 아래로 내려가는 계단이 존재했다.

"1층을 최고 속도로 돌파하는 것으로도 이렇게 시간이 걸리나…. 얼마나 넓은 거야….”

"흠….”

기스의 투덜거림을 들으면서 나는 어딘가 기억에 있는 계단에 눈을 가늘게 떴다.

그렇게 몇 층을 계속 내려갔을까.

기스는 각 층을 돌파하는 ‘최단 코스’를 완벽하게 외우고 있었다.

인신이 가르쳐 준 그것은 명백히 상식을 벗어난 것으로, 왜 그렇게 하면 이 층을 돌파할 수 있는지, 왜 이 층에서 마물과 만나지 않는 건지, 전혀 이해할 수 없는 것뿐이었다.

기스는 그걸 의문스럽게 생각하지 않는 걸까, …생각하지 않는 거겠지. 인생에서 한 번이라도 인신의 말을 의심했으면 이 남자는 살아남을 수 없었다.

이 남자도 그걸 알고 있으니까 인신에게 감사하는 거겠지.

"푸하하하하! 미궁 안에 왜 이렇게 으리으리한 문이 있는 거지!"

"글쎄. 미궁이라도 멋을 부리고 싶은 거 아닐까?"

"푸하하하하하하하! 멋 부린 건가! 재미있군! 푸하하하하!"

우리의 눈앞에 있는 것은 높이 10미터는 될 만큼 거대한 문이었다.

제2차 인마대전 당시, 키시리카의 성이었던 곳의 문과 똑같은 크기다.

그 문은 만든 이후로 사라질 때까지 단 한 번도 열린 적 없었다.

너무나도 거대해서 여는 것만으로도 힘들었기 때문이다.

지금의 나보다 거대한 자조차도, 그 옆에 있는 출입문을 통해 드나들었다.

그리운 일이로군. 예전의 나는 이렇게 거대해서 열지도 않는

문을 왜 만들었는가, 얼른 녹여 버려서 병사들의 무기로 만드는 게 낫다고 항상 말했다.

키시리카는 '용사가 왔을 때 꼴사나운 문이면 마계대제로서의 위엄이 없다'라는 멍청한 소리를 하며 내쳤지만.

결국 그 문은 열렸던 걸까.

라플라스는 그 문을 열었을까. 혹시 발차기 한 번에 깨지기라도 했다면 그 문도 존재했던 의미가 있었다고 할 텐데….

과거의 나는 내 생각이 틀림없이 옳다고 생각했다.

하지만 내가 이렇게 도전하는 쪽에 서 보니, 키시리카가 말했던 위엄이란 것도… 아니, 음, 전혀 이해 못 하겠군! 푸하하하하! 이 문은 분명히 너무 커서 벽으로 보여! 용사도 이 문을 괜히 열려고 하지 않고, 옆의 출입구를 이용하겠지!

"이 안에 있군."

"그런 모양이로군."

기스의 말에 나도 고개를 끄덕였다.

미궁의 최심부에는 이렇게 으리으리한 뭔가가 존재한다.

특히나 고위의 미궁일수록 그 경향이 심해서, 내가 본 것 중에서 특히나 장엄했던 것은 '현실의 미궁'의 최심부였던 황금의 문이로군. 키시리카가 기뻐할 만한 것이었다.

자, 아무튼 최심부의 문 안에 있는 것이라면, 이른바 수호자의 방이다.

이 문을 열면 이 미궁에서 최강의 마물과의 싸움이 시작된다.

'마신굴'의 수호자 정도 되면 상상을 뛰어넘는 레벨의 상대 겠지만….

뭐, 그 자체는 괜찮겠지.

어차피 기스가 공략법을 들었겠고.

고전은 하겠지만, 마지막에 이길 수 있겠지.

"……."

나는 웃음을 지우고 문을 가만히 바라보았다.

"왜 그래, 형씨? 설마 겁먹었어?"

"그렇지."

솔직히 답하자, 기스는 놀란 얼굴로 이쪽을 돌아보았다.

"어, 어이어이, 왜 그래! 형씨 정도 되는 사람이! 이런 지옥 같은 미궁의 수호자가 상대라면, 긴장할 수밖에 없는 것도 이해해! 하지만 댁은 불사신의 마왕이잖아? 겁먹을 게 뭐 있어?"

과장스럽게 말하는 원숭이 얼굴의 마족.

기스는 상대를 설득할 때 이렇게 호들갑을 떤다. 그리고 중요할 때는 목소리의 톤을 낮추어서 상대의 마음 깊은 곳에 자기 말을 두고 간다.

이 남자 나름대로의 대화방식이겠지.

뭐, 그건 좋아.

"…흠."

"설마 진짜로 겁을 먹은 건 아니겠지?"

물론 나도 수호자 정도에게 겁을 먹은 건 아니다.

애초에 우리 불사마족이 싸움을 두려워할 이유가 없다. 죽지 않으니까. 푸하하하하! 그건 그렇고.

"봐라."

뒤를 돌아보았다.

그곳에 펼쳐진 것은 시체들이 겹겹이 쌓인 광경이었다.

여기저기서 솟구치는 화염, 끊임없이 이어지는 지진. 몇 번이나 땅이 갈라지고 지표에 있는 것을 전부 집어삼켰다.

그런 공간에 쓰러진 것은 언데드.

부서진 뼈, 안개처럼 사라진 영체, 산산조각난 검은 갑옷.

"뭐, 지옥 같긴 하네. 이런 곳을 정석대로 공략하면 후대까지 길이길이 전해지겠어. 뭐, 이번 일은 누구한테 말할 수도 없고, 말해도 안 믿어주겠지만…."

"나에게는 그리운 광경이다."

그 말에 기스는 놀란 얼굴로 쳐다보았다.

"엉? 그게 뭔 소리야? 무슨 의미야? 전에 온 적이 있어?"

"음. 여기는 아니지만!"

그것은 제2차 인마대전이 끝난 뒤에었다.

키시리카를 돕기 위해 투신갑옷을 입고 나는 마족의 본거지로 돌아왔다.

그리고 보았다.

그날의 신 키시리카 성 앞에는 너무나도 진한 마력농도 때문에 죽은 자가 한 시간도 안 되어 언데드로 변해 버렸다.

언데드는 모두 나와 구면인 이들이었다.

키시리카에게 충성을 맹세하고, 그 실력을 인정받은 진정한 전사들.

키시리카 친위대.

그들은 아마도 결사의 각오로 싸웠겠지만, 모두 단칼에 죽었다.

왜냐면 전부 목이 없는 듀라한이 되어 있었기 때문이다.

그리고 지금 보이는 언데드들에게도 그런 흔적이 남아 있었다.

똑같은 얼굴도 많아서 명백히 모방해서 태어난 언데드라는 것은 알지만, 그래도 나는 확실히 안다.

그리고 생각해 보면 이 미궁은 모두 낯이 익다.

제1층에서 제2층으로 이어지는 석조 나선계단부터 시작해서, 그 뒤의 요새 내부 같은 구조, 하늘의 별이 반짝이는 듯한 천정의 공간, 인간형 마물이 입고 있는 장비들, 무너진 외벽의 균열, 길가에 핀, 지금은 어디에도 없는 작은 꽃, 절멸했을 터인 마물…. 모든 것이 눈에 익고 기시감마저 느꼈다.

"어디 보자."

나는 마음을 진정시키기 위해 그 자리에 앉았다.

"자, 앉아 봐라."

"……."

기스도 내 앞에 앉았다.

남자가 마주보고 앉았으면 술이라도 한 잔 하고 싶지만, 애석하게도 지금은 없다.

맨정신으로 할 이야기도 아니지만, 괜찮겠지.

"옛날에 이 세계는 지금과 다른 형태였다는 것을 네 녀석은 들은 적 있나?"

"분명히 황금기사 알데바란이 날린 일격은 키시리카 키시리스를 쓰러뜨린 것으로 끝나지 않고 대륙을 가르고 바다를 만들었다고 했던가?"

"그렇지."

이 전설은 지금에 와선 날조된 것으로 평해진다.

한 명의 힘에 대륙이 형태를 바꾼다고는 믿을 수가 없다.

사람은 광대한 대지를 보았을 때 자신의 왜소함과 자연의 위대함을 알기 때문이다.

나도 그중 하나다. 산이란, 바다란, 자연이란 항상 웅대하고, 인간이 어떻게 할 수 없다.

"실감은 잘 안 나지만, 너는 그 자리에 있었군?"

"그렇지."

기스도 그렇겠지.

그러니까 그런 식으로 물었다.

"내가 태어났을 때, 링스 해라는 바다는 없었다."

기스가 숨을 삼키는 소리가 들렸다.

그도 그렇겠지.

불과 며칠 전에 건너온 바다가 과거에 존재하지 않았다고 알면, 모두가 그런 얼굴을 한다. 그 말을 믿은 것은 내가 한 말이기 때문이겠지.

"이다츠 산, 아레스 언덕, 미미시란 강, 카브레 호수…. 이 이름을 들은 적은?"

"……."

기스는 고개를 내저었다.

그도 그렇겠지.

"이것들은 모두 과거에 존재했던 지명이야. 모두가 당시에는 상당히 오래된 것들이다. 이다츠 산은 과거에 엘프 검호 이다츠레드가 비검을 깨달은 산으로 유명하지."

"헤, 헤에…."

모르는 거겠지.

이다츠레드는 제1차 인마대전에서 죽은 남자다.

수천 명의 마족을 벤 엘프 검사.

마지막에는 오대마왕 중 하나, 불사의 네크로스라크로스와의 결전에서 훌륭한 최후를 맞았다.

그 이야기를 전하는 책이 남아 있지 않고, 그 이야기를 전하는 사람도 없고, 그리고 그 이야기의 상징이 되는 산조차 남아 있지 않으니까 모르는 것도 당연해.

마치 그 남자가 살았던 증거가 전부 없어진 듯한, 그런 감각마저 들었다.

하지만 나는 확실히 기억한다.

검호 이다츠레드의 이야기는 제2차 인마대전 당시에는 꽤나 일반적인 것이었다.

모두가 다 아는 건 아니지만, 검술에 뜻이 있는 이라면 대부분이 알고 있었지.

지금은 아무도 모르지만.

"시갑도, 검묘도, 뿐만 아니라 지형마저 없어졌다. 전부 없어졌다."

말로 하고 보니, 왠지 가슴이 아파왔다.

"지금 가지러 가는 투신갑옷에는 그 정도의 힘이 있다."

떠올리는 것은 사라진 것, 사라진 기억이다.

이미 아무도 기억하지 못하는, 수많은 아름다운 풍경이다.

"세계마저 멸하는 힘이다."

기스는 앞으로 사라질지도 모르는 것이 어느 정도인지 알고 있을까.

"비헤이릴 왕국. 거기서 이전과 같은 결말을 맞는다면 사라지는 것은 천대륙 전체와 숭앙내륙과 바대륙의 절반일까."

"……."

"거대한 폭발은 남은 대지에도 지형 변화를 가져온다. 중앙대륙은 지금까지처럼 풍요로울 수 없어. 데삼림은 사막이 될지도 모르지. 미리스는 수몰될지도 모르고, 베가리트 대륙은 밀려나서 지금 이상으로 격리될지도….”

“…….”

“어떻게 되든 종족은 섞이고 다툼이 일어난다. 4200년 전부터 3천 년 가까이, 역사서에는 기록되지 않았지만 암흑의 시대가 있었다. 모든 종족이 자기 살 곳을 찾아 여행을 하고 다투던 날들이….”

그렇긴 해도 내가 눈 뜬 것도 그 싸움으로부터 좀 지난 뒤였기에 자세히는 모르지만. 푸하하하하!

하지만 오랜 세월을 거치며 인간이 마족을 중앙대륙에서 쫓아내고 마대륙으로 몰아넣었다는 기억은 있다.

“토지가 변하고 문화가 변하고 생활이 변하고 다툼이 생긴다. 그것들은 남에게 듣는 것만으로는 잘 실감이 나지 않는 이야기겠지만….”

눈을 뜬 직후에는 경악했다.

세계는 이전과 다름없어 보이면서도 완전히 변해 버렸으니까.

“완전히 다른 세계야.”

세계가 멸망한다는 것은 의외로 별것 아니다.

특히나 수천 년 전의 일 정도 되면 사람들의 기억에 남지 않는다.

과거를 아는 것은 우리 불사마족 정도야.

나는 그 싸움 이후로 변했다. 키시리카와 약혼하고, 나는 사소한 것을 신경 쓰지 않게 되었다. 매일을 즐겁게 보내고 평화를 즐겼다.

고로 이 4200년은 좋은 추억뿐이야.

나쁜 추억은 적당히 잊은 탓도 있지만, 푸하하하하!

"……."

기스의 입장에서는 모르겠지.

"그걸 생각하면 아무래도 발이 멎어 버리는군."

나는 아토페와 달리 만사를 이해하는 편이다.

하지만 이렇게 실제로 발이 멎어 버렸으면, 역시 납득하지 않고는 움직일 수 없다.

다름 아닌 지혜의 마왕이니까. 이유가 없으면 움직이지 않지. 푸하하하하!

그런고로 나는 설득을 기다리고 있다.

기스의 세 치 혀를 시험하는 것이지.

마왕의 시련이다.

"…저기, 형씨."

"음."

잠시 침묵 후에 기스는 입을 열었다.

"형씨는 불사마족이라서 나 같은 거랑은 다른 시선으로 세상을 보았겠지."

"그러하지."

"지형이 변하고 문화가 변해서 다른 세계라는 것도, 뭐, 네 눈으로 보면 그렇겠지."

"누구의 눈으로 봐도 그렇겠지?"

"아니, 아니야. 그건 아니야."

기스는 고개를 내저었다.

"나로서는 아무것도 안 하도 그냥 이웃나라만 가도 다른 세계고, 10년 지나서 원래 나라로 돌아오면 확 변한 걸로 보여. 정말로 다른 세계처럼."

10년인가.

알고는 있었지만, 대부분의 종족에게 10년은 긴 세월이군.

"고작 10년으로는 변하지 않은 것도 많고, 그걸 보며 안도할 때도 있지만. 그때마다 변하지 않은 건 나도 마찬가지구나 싶어서 기가 죽어."

기스의 말은 이전처럼 표표했지만, 뭔가 무거웠다.

"세계를 없앤다? 나로서는 영광이야. 멸망한 뒤의 세계에 내 동상이라도 세우고 싶을 정도야."

농담처럼 들리지만, 목소리는 진지했다.

"물론 그렇게 큰 폭발이 일어나면 나도 살아있을 수 없겠지만. 뿐만 아니라 도중에 싸움의 여파로 죽겠지."

기스는 똑바로 나를 바라보며 말하기 시작했다.

"선배는, 녀석은 대단한 녀석이야. 마력은 막대한 것 같지만, 나처럼 투기도 못 쓰는데 끊임없이 노력하고 연구하고, 게다가 겸허하게 남의 힘을 빌려. 남에게 부탁받는 게 아냐. 남에게 부탁한다고. 그만큼 뭐든지 할 수 있으니까, 자기 혼자서 뭐든지 할 수 있을 것 같은데 말이야. 요소요소를 남에게 잘 맡길 수 있어. 좀처럼 할 수 없는 일이야."

"나로선 선배를 상대하기에 부족해. 그 정도는 알아. 하지만 이번에 내가 하는 일은 사람을 모으는 거야. 같은 무대에서 싸우는 거야. 그럼 이기고 싶잖아. 나한테는 선배랑 달리 이것밖에 없으니까."

"겨시 북신, 명왕, 귀신, 그리고 투신. 인신의 힘을 빌렸다고 해도 모을 수 있는 데까지 전력을 모았어. 이 이상 없는 포진으로 임하는 거야. 내가 생각하고, 내가 모으고, 내가 이기러 가는 거야. 그럼 도중에 내가 죽는 것 정도는 별것도 아냐."

"나는 지금까지 인신의 말을 지키며 더럽게 살아왔어. 그만큼 내 목숨이 중요했어. 중요하고 중요하게 지키면서 살아왔어. 절대로 잃어버리면 안 된다. 이것이야말로 제일 중요한 거라고 생각하면서. 하지만 어딘가로는 더 중요한 게 있지 않을까 생각하면서."

"하지만 이번으로 끝이야. 죽을 걸 알지만 멈출 생각은 없어."

"그러니까 너도 각오를 해. 내 상대가 루데우스라면 네 상대는 용신 올스테드야. 라플라스 이상의 강적이 상대라면 세계가 멸망하는 정도가 딱 좋잖아?"

목숨을 건다.

불사마족인 나는 잘 모르는 감각이다.

용신에게는 불사마족을 죽이는 기술이 있고, 아버님은 돌아가셨지만, 그래도 실감이 나지 않는다.

아토페도 몇 번이나 봉인되면서도 여전히 쌩쌩하지.

죽음이란 감각과 거리가 멀다.

그렇긴 해도 필멸자가 목숨을 중요시하는 것은 알고 있다.

특히나 기스 같은 자는 목숨을 중시한다.

살아있어도 대단한 일을 할 수 없을 텐데 소중히 여긴다.

…아니, 그렇기 때문일까.

지금 큰일을 할 수 있을지도 모르니까, 소중한 목숨을 쓰려는 거겠지.

나까지 거기에 따를 이유는 없지만….

하지만 나도 용신과 격돌하기로 결심했다.

인신을 따르기로 결심했다.

그 제2차 인마대전이 끝났을 때 두 번 다시 안 하기로 결심했음에도 불구하고, 마신굴에까지 투신갑옷을 가지러 왔다.

각오를 해야 하겠지.

기스와 마찬가지로.

"푸하하하하! 맞는 말이로군! 좋아, 그럼 세계를 멸하는 갑옷을 손에 넣으러 가볼까!"

"그렇게 나오셔야지. 가자고!"

으음, 너무 어렵게 생각했을까.

나는 그날에, 뒷일을 생각하지 않고 기세를 타고 돌진하는 것이 좋다고 배웠다.

그것이 키시리카에게 어울리는 남자라고, 현명하면서도 어리석은 나는 그렇게 생각했으니까.

그렇다면 그래야지!

푸하하하하!

미궁의 수호자는 내게 낯익은 녀석이었다.

제2차 인마대전 때, 오대마왕이라고 불렸던 이 중 하나.

내가 마지막 결전장에 도달했을 때는 이미 죽었던 남자.

키시리카 친위대의 대장이었던 남자.

그 이름하여… 아니, 이름을 말하는 건 그만두자.

외모는 이전과 같지만, 그 존재는 다르니까.

마신굴의 심층부에 있으니까, 분명히 라플라스와 똑같이 생긴 녀석이 있을 거라 생각했기에 김이 빠졌다.

충의를 아는 이였지만 저돌맹진, 융통성 없는 남자가 마신굴의 최심부에 있다니, 아무래도 어울리지가 않는군

"어, 어이, 위험해 보이는 녀석이야…."

"푸하하하하! 분명히 외모는 무시무시한 느낌이로군! 하지만 대단한 상대는 아냐!"

내 눈앞에 선 것은 역시 목 없는 기사였다.

예전과 다른 것은 머리가 없다는 것과 칠흑의 갑옷을 입은 채로 몸에 검이 꽂혀 있다는 것일까.

조금 움직일 때마다 검이 스쳐서, 끼릭끼릭까득까득 하고 거슬리는 소리를 내었다.

내 기억이 맞다면, 이 녀석은 몸에 검을 꽂는 취미가 없었을 거다.

그렇다면… 그런가, 네 최후는 들을 것도 없다고 생각했는데, 역시 마지막까지 싸웠나.

하지만 라플라스가 아니라, 라플라스에게 괴멸된 군대를 이끌고 인간의 군대와 싸우다가.

그리고 마지막에 목을 베였나.

불사마족이 아니라면 목이 베이면 죽는 법이다.

분명히 그 폭발로 사체까지 없어졌을 거라고 생각했는데, 이런 곳에 있었다니.

정말로 그리운 재회. 눈물이 살짝 나올 뻔했군!

본래는 술이라도 나누면서 옛 싸움의 추억담이나 나누고 싶다.

예전에는 이 녀석과 전혀 말이 안 통했지만, 지금이라면 즐겁게 술을 마실 수 있겠고.

하지만 수호자를 쓰러뜨리지 않으면 목적하던 것을 얻을 수 없을 테니, 얼른 쓰러뜨려 보실까.

술을 마시기 위한 머리도 없으니까! 푸하하하하!

"푸하하하하! 자, 덤벼보아라!"

나는 주먹을 쳐들고 앞으로 나섰다.

과거의 나라면 이 마왕 앞에서 주저앉았을지도 모른다.

친위대장은 그때부터 이미 강한 남자였다. 특히나 일대일 대결이라면 저 아토페마저도 겨룰 레벨이다.

아토페는 체력이 무한한 불사마족이기에 겨루는 선에서 끝났지만, 그래도 오대마왕 최강의 자리를 내놓지 않았다.

높게 쳐주던 상대였음은 틀림없다.

문관인 나는 싸움이라는 한 번도 이긴 적이 없다.

만일 했다간 한 방에 나가떨어졌겠지.

하지만 나도 그날 이후로 오늘에 이르기까지 계속해서 단련을 했다.

투신갑옷을 입었을 때의 기억을 토대로 독자적인 무술을 개발하고, 그 무술을 제대로 쓸 수 있을 때까지 근육을 길렀다.

저 아토페의 밑에 있으며 아토페에게 매일 같이 얻어맞은 적도 있었다.

방약무인하게 행동할 수 있도록 나도 노력해 왔다.

설마 네게 그 성과를 보여줄 날이 오다니, 푸하하하하!

"푸악!"

그런 마음을 품으며 다가갔다가 주먹 한 방에 날아갔다. 옆으로 3회전 했나.

안면은 함몰이다.

뭐, 금방 낫지만.

"어, 어이, 괜찮은 거야!"

"푸하하하하! 괜찮지 않군! 이대로는 못 이긴다!"

즉시 일어서서 자세를 잡았지만, 전력차는 역력하다.

역시나 고위 미궁의 수호자라고 할까, 내 기억에 있던 것보다 강하게 느껴진다.

아니, 애초부터 이 정도는 했나. 내가 조금 단련하고 자기식 무술로 실력을 닦는다고 쉽게 이길 정도의 차이가 있었던 것도 아니겠지.

"조, 좋아, 그럼 잘 들어! 그 녀석에겐 약점이 있어!"

"푸하하하하! 거짓말이로군! 이 녀석에겐 약점 따윈 없다!"

"그런가 본데, 인신이 말하기로 그 녀석의 약점은 네가 아는 말이라나 봐!"

그 말에 녀석에게 향하던 발이 멈추었다.

멈춘 순간 칼등으로 얻어맞아서 후방으로 날아갔다.

날아가면서 생각했다.

말이라고? 들려주려고 해도 녀석에겐 귀가 없는데?

"…흠! 과연!"

하지만 말이라.

과연, 말이라.

분명히 나와 이 녀석은 제2차 인마대전에서 오랫동안 함께 싸워왔다.

주먹질은 하지 않았지만, 말은 물론이고 나눈 약속도 많다.

지킨 약속도 있고, 못 지킨 약속도 많았다.

그렇다면, 흐음….

짚이는 데가 너무 많군!

"모르겠다!"

또다시 얻어맞았다.

아니, 얻어맞은 게 아니로군, 이건. 이 녀석의 검이 너무 무
뎌서 내 몸에 통하질 않는 거로군.

음, 심! ㅗ린 낀끼!

"이전에 네가 키시리카에게 헌상하려고 했던 검! 헌상 전날
에 누군가가 부러뜨렸다고 그랬는데… 사실 그 검을 부러뜨린
것은 나다! 미안하다! 네가 이 이상 출세하는 게 부러워서 말
이야! 순간적인 실수였다! 용서해라!"

"으아아아아아아아아아!"

더 열받게 해 버렸군.

목이 없는데 어딘가에서 노성까지 지르고. 귀는 없어도 말은
들린다는 걸까.

돌이켜보면 이 녀석의 종족, 귀는 머리에 붙어 있지 않았고,
말도 목에서 나오는 게 아니었던가?

아무튼 이건 아니로군.

흠. 나로서는 떠올릴 수 없어서 미안하다고 생각했지만, 뭐,
키시리카에게 검을 헌상해 봤자 연회 자리에서 쓰다가 부러뜨

린 적이 한두 번이 아니었으니까 별로 아쉽진 않지만.

"뭔가 더 있을 거 아냐! 지혜의 마왕이잖아?!"

"짚이는 데가 너무 많아서 좁힐 수가 없군!"

"하나하나 다 말해봐!"

그러기로 했다.

"기억하고 있나! 예전에 네 딸이…."

"루존 섬에서 발견했던 푸르게 빛나는 말! 그때는…."

"코피바 언덕에서 인간의 군대를 박살냈을 때는…."

하지만 말은 하나도 통하지 않았다.

내가 뭐라고 말할 때마다 족족 검이 날아와서 나는 날아갔다.

보통 마족이었으면 백번은 죽었을지도 모른다.

하지만 나도 지혜의 마왕이라고 자칭하며 지혜와 지식에 일가견이 있다고 생각하지만, 용케 이런 과거담이 줄줄 나오는군.

떠올릴 뿐인데도 예전의 나로 돌아간 듯한 어두운 기분이 된다.

"음?"

그런 과거담이 백 개를 넘겼을 즈음 깨달았다.

"어, 어이, 왠지 움직임이 둔해지지 않았어?"

갑옷 소리를 내고, 검 소리를 내고, 귀에 거슬리는 소리를 내며 움직이는 수호자는 분명히 움직임이 둔해져 있었다.

나의 어느 말이 통했는지는 모르지만, 어느 것인가가 정답이었던 모양이다.

"좋아, 지금이다! 계속 몰아붙여!"

"……."

아니, 그게 아냐.

어리석은 군사였던 나는 충의 있는 수호자의 모습을 보며 생각했다.

내 말은 모두 틀렸겠지.

수호자는 나를 보고 괴고워하는 듯하다.

과거담에 뭔가를 떠올린 것처럼.

내 말은 추억을 떠올리게 하고, 내가 적이 아니라고 깨달은 거겠지.

자아를 잃었어도 내게 검을 돌리면 안 된다고 생각하는 거겠지.

왜 그렇게까지 계속해서 싸우는 걸까.

수호자인 탓도 있겠지. 마물은 그런 존재니까.

하지만 분명 마음의 잔재가 녀석을 수호자로 만들었겠지.

그런 건넨 말은 단 하나,

"우리 마족은 패배했다. 하지만 마족은 멸망하지 않았고, 키시리기 기시리스도 건재하다. 언젠가 또 싸울 날이 오겠지. 지금은 검을 거두어라."

283

수호자가 움직임을 멈추었다.

그리고 말없이 천천히 무릎을 꿇고 앞으로 쓰러졌다.

뭔가 만족한 것처럼.

간신히 쉬어도 된다는 말을 들은 것처럼.

"미궁의 수호자가 되어서도 충의에 사로잡혀 있다니, 참 복잡한 남자였군."

나도 용신과의 싸움 이후에 미궁의 수호자가 될지도 모르지만.

그렇게 생각하면서 더 안쪽으로 들어가기로 했다.

미궁의 최심부에는 키시리카가 앉았던 옥좌가 있었다.

지금 그 옥좌에 앉은 것은 갑옷.

아름다운 갑옷이었다.

조형은 심플했다.

유선형의 동체에 어깨바대, 허리갑옷.

특별한 거라곤 하나도 없고, 동네 도구점에 조잡하게 놓여 있는 양산품과 큰 차이가 없어 보였다.

하지만 실제로 도구점에 놓여 있었다고 해도, 그 군더더기 없는 디자인은 눈길을 끌겠지.

게다가 무슨 금속으로 만들어진 것인지 황금색으로 빛나는 그것은 어두운 곳에서도 희미하게 발광하고 있었다.

군더더기 없는 모습과 황금색 광채는 보는 이를 모두 매료하는 신성함을 띠고 있었다.

전에 보았을 때보다 조금 작나.

아니, 크기는 분명 변하지 않았다.

내가 그것을 처음 보았을 때는 그 신성함 때문에 크게 보였던 거겠지.

물론 지금 내 눈에 그것은 흐릿하게도 비치지만.

"이, 이게 투신갑옷인가…. 대, 대단한데. 보기만 해도 보통 물건이 아니라는 게 전해져."

"만져선 안 된다. 사로잡힌다."

"어, 어어…."

손을 뻗으려던 기스를 제지하자, 흠칫거리며 손을 거두었다.

"푸하하하하! 거짓말이다! 만지는 정도로 어떻게 될 리가 있나!"

"노, 놀라게 하지 마…. 하지만 진짜 만지기만 해도 어떻게 될 것 같아…."

투신갑옷.

마룡신 라플라스가 만들어낸 최강의 갑옷.

반시는 징도로 이렇게 되는 건 아니지만, 그걸 입은 자를 투쟁에 몰아넣는 저주가 걸린 갑옷이지.

과거의 일을 떠올리기만 해도 내 몸에 소름이 돋는 것 같군.

"기스."

"뭔데?"

"이 갑옷을 입은 뒤, 나는 내가 어떻게 될지 모른다."

"……."

"간신히 자아를 지키도록 기합을 넣겠지만, 그것도 시간문제다. 언젠가 자아를 잃지. 만일의 경우에는…."

"만일의 경우? 어이어이, 너, 내가 뭘 할 수 있을 것 같아?"

"아니, 적에게까지만 데려가면 된다. 그럼 내가 어떻게든 하지."

"뭐, 그 정도라면 어떻게 되려나."

"푸하하하하하! 부탁한다!"

"자, 시간이 좀 걸렸지만, 이걸로 전력은 모였어. 이길 수 있을 거야. 명왕이 혼란시키고, 검신과 북신과 귀신이 적의 전열을 무너뜨리고, 마지막에 투신을 용신과 싸우게 하면 이쪽의 승리는 흔들림 없어."

기스는 만족스럽게 말했다.

좋군, 좋아!

"그럼 녀석에게 4200년 만의 내 진짜 실력을 보여주도록 할까!"

"좋았어! 부탁해, 형씨!"

"푸하하하하하!"

"하하하하!"

기스의 안도한 듯한 웃음이, 예전에 키시리카의 옥좌가 있던 방에 메아리쳤다.

★　★　★

"의기충천한 상황에 미안하지만, 시간이 다 됐어."

그렇게 기합을 넣고 돌아가는 도중에 본 꿈에서 인신이 나를 부새밀쟀ㅂ. ∬게.

여기는 신기한 장소로군.

하얗고 아무것도 없는 장소다.

이전부터 신기했는데, 여기는 대체 어디지? 꿈속이라고 넘겼지만 그래도 매번 같은 장소고, 듣기에 따르면 다른 자도 여기서 네 녀석과 이야기한다나 본데.

"칫, 그런 건 아무래도 좋잖아. 불쾌해."

으음, 좀 진정해라, 인신.

갑자기 시간이 다 됐다고 해도 무슨 소린지 모른다.

지혜의 마왕이라고 해도 지식이 없으면 생각할 수도 없다.

"명왕 비타가 시작부터 당했어. 그걸 안 검신과 북신이 서둘러서 돌격했고, 귀신도 거기에 가세했지만 아토페가 증원으로 와서 귀족을 인질로 잡자 물러났어."

흠….

즉, 전멸이로군.

"너희가 미궁 같은 곳에서 이렇게 시간을 끈 탓이야. 이 쓰레기 같은 게. 그런 미궁은 얼른 공략하라고. 뭐 하는 거야. 기스도 기스지. 그렇게 큰소리 쳐놓고서 이 꼴이 뭐냐고. 기대했던 내가 바보지."

푸하하하하. 그래.

준비한 전력이 당하는 바람에 그렇게 뚱해져 있는 건가.

신이라고 해도 결국은 인간이로군.

"뭐라고?"

작전이란 것은 보통 예정대로 되지 않는 법이야.

애초에 검신과 북신은 딱 보기만 해도 서둘러 움직일 것 같았지. 특히나 알렉은 이전부터 기다리기 싫어하는 애였으니까. 예정대로든 아니든 예상은 했겠지.

어차, 미래예지에 의지하는 네 녀석은 예상이 자주 틀렸지.

이런 일은 흔한 법이야.

"…하앙?"

푸하하하하! 일일이 그렇게 감정 상하면 일을 망치게 된다!

하지만 네 녀석의 그런 얼굴을 보는 건 신선해서 오히려 좋군! 음!

과거의 나라면 그 얼굴을 보면 불안해서 마음이 흔들렸겠지만, 지금은 호의로 도와주는 몸이니까 무서울 것 없지! 푸하하하하!

"그만 좀 해. 분명히 나는 네 미래를 볼 수 없지만, 네가 안 보인다고 해도 네 소중한 것이 사라지게 할 수는 있으니까."

소중한 것의 구체적인 내용을 말할 수 없는 게 네 녀석의 한계야.

"마계대제 키시리카 키시리스."

음… 그 녀석에게 손을 대면 나로서는 별로 유쾌하지 못하지.

뭐, 그리 진지하게 받아들이지 마라.

이런 선 나쁜들끼리 흔히 주고받는 농담이야.

그래, 나와 네 녀석은 지금 맹우. 함께 싸우는 동포다.

아군에게 화풀이해 봤자 사기가 내려갈 뿐이겠지?

사기를 떨어뜨리고 싶지 않으면 패배가 확정되지도 않았는데 부하에게 여유 없는 모습을 보이지 마라.

"패배가 확정되지 않았다고? 모은 동료의 태반이 당해서 이젠 너밖에 안 남았는데?"

그렇지.

아직 확정되지 않았어. 아직 나와 기스가 남아 있고.

"아직 할 수 있는 일이 있다는 소리야?"

음! 작전이란 항상 두 수, 세 수 앞을 생각해두는 법이지.

검신과 바보 알렉이 서두를 거라 예상했던 나와 기스에게는 다음 작전이 남아 있다.

"그 다음 작전이란 건 반드시 이길 수 있어?"

푸하하하하! 그러니까 말하지 않았나!

반드시 이긴다는 것은 존재하지 않는다!

더 말하자면, 처음 작전이 완전승리를 목표로 하는 것이라면, 다음 작전은 그렇지 않지.

차선책이란 것은 최선 다음으로 좋은 것이니까!

"짜증나게 하네. 결국 무슨 소리야. 이길 수 있는 거야? 못 이기는 거야?"

완전승리까지는 안 되지만, 승리조건은 달성할 수 있겠지.

"…그럼 됐어."

뭐, 혹시 다음 작전이 없다고 해도 나는 전력으로 싸울 뿐이지만.

"그럼 의미가 없잖아."

푸하하하! 그래서 네 녀석은 이번에 이렇게 되었나!

"…무슨 의미야?"

기스는 네 녀석을 위해 전력을 다한다.

나도 네 녀석을 위해 전력을 다한다.

명왕은 잘 모르지만, 전력을 다했다고 치자.

하지만 검신과 북신은 어떻지? 귀신은?

검신과 북신은 섣불리 움직였다. 하지만 녀석들이 네 녀석을 위해 전력을 다했다면, 네 녀석과 네 녀석이 신뢰하는 우리를 신뢰했다면, 어땠으리라 생각하지?

명왕이 당했다는 말을 듣더라도, 초조한 마음에 먼저 움직이는 일은 없지 않았을까?

귀신은 귀족을 인질로 잡혔다고 했지.

귀신의 역할은 귀족을 지키는 것. 귀족의 우두머리로서의 역할이다. 그렇다면 인질을 잡힌다면 당연히 그쪽을 우선할 수밖에 없지.

하지만 녀석이 널 위해 전력을 다하려 한다면 어떨까?

처음부터 귀신이라는 입장을 버리고 일개 전사로 싸워 주었으면, 인질을 잡혔더라도 멈추지 않고 계속 싸우지 않았을까?

"…그런 가정의 이야기를 해도 말이지."

푸하하하하! 인생은 항상 그런 법이야! 그리고 가정을 현실의 것으로 만들기 위해 누군가를 위해 전력을 다하고 무상으로 누군가를 돕는 법이야! 그걸 아는 자일수록 타인에게 잘해 주지! 타인을 위해 움직이지!

그래, 마치 루데우스 그레이랫처럼!

"나한테 녀석 흉내를 내라는 말이야?"

내 말을 어떻게 받아들일지는 내가 알 바가 아니다.

하지만 마지막으로 내가 네 녀석에게 조언을 해주마.

항상 조언은 듣기만 하는 것도 미안하고! 지혜의 마왕으로서 가끔은 답례를 해야 하지 않겠나!

"괜한…."

이 싸움에서 기스와 나는 죽겠지.

하지만 싸움은 계속될 것이다.

기스와 내가 이겨도, 그걸로 싸움이 전부 끝날 리는 없다. 네 녀석은 미래가 보이니까, 마지막에 자기가 웃는 미래가 보인다면 그걸로 이겼다고 생각하겠지만, 앞으로도 너의 그 빛나는 미래를 위협하는 자는 나타나겠지.

마지막에 웃고 싶으면 남의 마음을 배려하도록 해라.

"남의 마음이라고? 그런 웃기는 짓을…."

그럼 이만 작별이로군!

푸하하하하!

푸하하, 푸하하, 푸하하하하하하하하하!

웃음소리와 함께 내 의식은 사라졌다.

막간　나는 영웅이 되고 싶었다

어릴 때 영웅이 되는 게 꿈이었다.

그 원인은 역시 아버지와 할머니의 과거 이야기겠지.

아버지에게서 들은 것은 알려지지 않은 용사 '북신 칼맨'의 전설.

할머니에게 들은 것은 공포의 마왕 '아토페라토페'의 전설.

종합해서 말하자면, 용사와 마왕의 이야기다.

그 이야기에 따르면 마왕이란 태어났을 때부터 강하고 지배

하는 쪽이고 포학해도 되는 자.

용사란 태어났을 때는 약하지만 수많은 시련을 뛰어넘으면서 포학한 마왕을 타도하는 자.

그런 이상적인 관계를 체현한 것이 '북신 칼맨'과 '아토페라토페'의 관계다.

아버지는 그런 용사와 마왕의 관계를 굉장히 고귀한 것이라고 말해주었다.

아버지가 말하는 용사 '북신 칼맨'은 결코 강한 존재가 아니었나.

남들보다 실력이 조금 있고, 독자적인 유파를 개발했지만, 그래도 '평범한 전사 중 하나'에 불과했다.

그래도 평화를 위해 승산이 없는 전쟁에 도전한 것은 그런 시대였기 때문이다. 그러지 않으면 살아남을 수 없었다.

그는 마지막 결전에 임하고 살아남았기에 영웅이라고 불린 것에 불과하다.

죽었으면 이름은 잊혔겠지.

하지만 그 싸움은, 라플라스 전쟁은 살아남는 것조차도 위업으고 꼽힐 정도의 전쟁이었다.

그만큼 많은 이들이 싸움에 참가하고 무참하게 죽어갔다.

인간도 수족도 엘프도 드워프도 호빗도 마족도, 예외 없이 죽어갔다.

그러니까 살아남은 이들은 모두 위대했다. 아버지는 그렇게 말씀하셨다.

살아남으려는 것만으로도 힘과 지혜를 구사해야 하는 시대였다고.

할머니도 그 의견에는 찬성하는 듯했다.

애초에 할머니는 그 싸움에서 죽지는 않았지만, 도중에 봉인되었으니까.

그런 시대에서 전쟁을 끝내는 위업을 달성한 이를 영웅이라고 하지 않으면 달리 부를 말이 없다고 아버지는 뜨겁게 말씀하셨다.

하지만 내가 좋아했던 것은 그것과 다른 이야기였다.

이름은 같은, 하지만 다른 영웅의 이야기.

'북신 칼맨 2세'의 이야기다.

2세는 북신 칼맨이라는 진짜 용사의 이름을 세계에 드날리기 위해 여행을 떠났고, 전 세계에서 사람들을 도우며 강대한 적을 타도했다.

그 존재는 결코 정의가 아니었다.

남을 돕고 싶다는 마음이나 악을 뿌리 뽑고 싶다는 마음이 있었던 것도 아니었기 때문이다.

결과적으로 사람을 돕고, 나라를 돕고, 많은 인간에게서 감사를 받았지만, 그것뿐이다.

그저 북신 칼맨의 이름을… 나아가서 자신의 강함을 과시하기 위해서, 그저 그것을 위해 그는 싸웠다.

그에게 싸워야 하는 이유는 없었고, 쓰러뜨려야 하는 마왕도 없었다.

자기 자신만을 위해 싸우고, 그리고 최강의 칭호를 손에 넣었다.

그래, 한때 북신 칼맨 2세의 이름은 틀림없이 최강을 말하는 것이었다.

그 정도의 일을 해냈다.

그러니까 나는 생각한다.

그 무엇보다 진짜 영웅이라고.

그가 이 세상에서 제일 멋지다고.

그러니까 나는 그것을 동경했다.

아버지는 '2세'처럼 되어선 안 된다고 말했고, 그 일화도 어디까지나 내가 기뻐한다는 이유로 들려주셨을 뿐이지, 조금도 자랑이 아니었다.

오히려 아버지는 '1세'를 강하게 밀었다.

정말로 대단한 것은, 정말로 존경스러운 것은 1세라고.

하지만 내 마음에 울린 것은 '2세'였다.

나도 그렇게 되고 싶다고 생각한 것은 '2세'였다.

자기 전에 침대 안에서 꿈꾸는 것은 2세처럼 영웅을 목표로 하여 싸우고, 결국 영웅이 된 내 모습이었다.

몽상이 현실에 가까워졌던 것은 내 재능을 깨달은 뒤였다.

내게는 검술의 재능이 있었다.

스스로 '아, 나한테는 재능이 있구나'라고 알만큼 검술을 이해할 수 있었다.

그러니까 '2세'를 뛰어넘을 수 있다고, 근거도 없이 그런 생각을 했다.

가능할 터였다.

그만한 노력도 했고, 재능도 충분했다.

하지만 왜 이렇게 되었을까.

지금 내 시야는 완전히 어둠으로 뒤덮여 있었다.

온몸은 무거운 압박감에 휩싸이고, 귀에는 손으로 틀어막았을 때 같은 소리가 울려댔다.

손발은 까딱도 할 수 없고, 의식도 몽롱했다.

뿐만 아니라 짓눌리고 있어서 몸이 아팠다.

혹시 내가 아니었으면 이미 몸이 박살나서 죽었을지도 모른다.

아무것도 할 수 없다. 꿈쩍도 할 수 없다. 괴롭지만, 내 몸은 튼튼해서 이 정도로 죽지 않는 것을 알았다.

꿈쩍도 할 수 없는 탓인지, 쓸데없는 생각만 계속 했다.

과거에 할머니가 봉인되었을 때의 이야기를 들은 적 있다.

할머니는 난폭한 성격에다가 그리 쉽게 죽지 않는 종족인 탓에, 지금까지 몇 번이나 봉인되었다고 한다.

아버지는 내 버릇을 들일 때, 못된 짓을 하면 봉인당한다고 곧잘 말씀하시며, 할머니에게 봉인당했을 무렵의 이야기를 해 달라고 했다.

할머니는 씁쓸한 얼굴로 그때의 이야기를 해주었다.

할머니는 말재간이 그리 없었지만, 몸의 자유가 없어지고 말도 할 수 없어지고 머리도 안 돌아가고, 평소처럼 날뛰고 싶어지는 충동이 억지로 눌리는 것이라고 말해주었다.

아주 굴욕적이라고.

분명 지금 내 상황과 비슷하겠지.

나는 졌다.

용신 올스테드의 부하, '진흙탕 루데우스'에게.

질 리가 없는 상대였다.

루데우스는 겁이 많고, 흠칫거리고, 겁쟁이에, 쥐새끼 같은 상대였다.

안전책에 안전책을 거듭 세우지 않으면 승부에 나설 수 없는 타입.

자신을 똑똑하다고 착각하는, 그냥 좀 교활한 타입.

자기 작전을 너무 과신하다가 자기 덫에 자기가 걸려서 죽는 타입.

…아니, 그건 아닌가.

그는 분명히 겁쟁이였지만, 각오가 없는 건 아니었다.

마지막에는 분명히 그 각오를 보였다.

승부에 나섰다.

그와 나의 일대일 대결. 나는 중상을 입었지만, 그래도 내게 승산이 있었다. 그것은 그도 알고 있을 터였다.

하지만 앞으로 나섰다.

확실히 끝내기 위해, 자기가 죽을 사거리까지 파고들었다.

나는 그가 그럴 수 있는 남자라고 생각하지 않았다.

잘못 보았다. 그러니까 졌다.

인정해야 한다.

루데우스 그레이랫.

그는 전사다.

어쩌면 진짜 영웅이란 그런 녀석을 말하는 걸지도 모른다.

어딘가 겁쟁이고, 남의 도움 없이는 살아갈 수 없는 존재다.

어려운 작전을 잔뜩 짜내며, 쥐새끼처럼 도망치며 주위를 쫄랑쫄랑 뛰어다니지만, 그 두려움 속 깊은 곳에는 용감함을 숨기고 있었다.

승산이 없는 상대에게 전력으로 덤벼드는 기개를 갖추고 있었다.

그래, 마치 '1세'처럼.

…그렇군.

나는 강함이란 것을 조금 잘못 생각했던 걸지도 모른다.

영웅이란 것은 그저 강하기만 하면 된다고 생각했다.

하지만 강함이란 것은 어떤 것일까.

나보다 약한 상대와 싸우고 이긴다고, 그걸 강하다고 말할 수 있을까?

나는 '2세'를 뛰어넘을 수 있다.

역대 최강의 '북신 칼맨'이 될 수 있다.

그것은 틀림없다. 가능하다고 확신한다.

하지만 그렇다고 그게 뭐란 말인가.

가능하다고 확신한 일을 할 수 있었다고 뭐가 되는가.

그래, 진짜 영웅은 이길지 질지 알 수 없는 싸움에 도전해야 한다.

힘들고 괴로운 일을 해내야 영웅이다.

북신 칼맨 1세가 마왕 아토페라토페를 개심시켰듯이.

북신 칼맨 2세가 세계 각지에서 사람들이 상상도 못 한 난적을 토벌했듯이.

진흙탕 루데우스가 북신 칼맨 3세를 쓰러뜨렸듯이.

언뜻 봐선 불가능해 보이는 일을 해내야 한다.

응. 그래, 그러니까 나는 루데우스에게 졌군.

이번에는 그가 용사고, 내가 마왕이었다.

역대 마왕이 그랬듯이 용사를 얕보고, 용사의 동료를 놀리고, 전력을 다할 수 없어서 쓰러진다.

루데우스 그레이랫은 용사고 영웅이다.

실제로 만나보면 한심하고 구질구질한 느낌이 있는 남자라서 무심코 얕잡아 보게 되지만, 해낸 일은 위대하다.

후세에 영웅으로 전해지겠지.

나는 그를 잘못 보았다.

그에게 이기기 위해서 처음부터 전력을 다해서 싸워야 했다.

다음 싸움이 진짜니까, 여기서는 전력을 내지 않고 얼른 정리하자고 생각할 때가 아니었다.

알고는 있었다. 그러다가 진 마왕의 이야기는 어렸을 적부터 몇 번이나 들었으니까.

왜 그런 간단한 사실을 잊고 있었을까.

얼마 전의 나를 패주고 싶다.

나는 잘못을 저질렀다.

그러니까 이런 곳에서 움직일 수 없어졌다.

…여기서 죽는 걸까.

나는 할머니의 피를 진하게 이었는지 몸이 튼튼하다.

이렇게 토사에 파묻혔어도 그리 쉽게 몸이 뭉개지지 않는다.

하지만 할머니처럼 불사신은 아니다. 이렇게 움직일 수 없는 상태가 계속되면 언젠가는 죽겠지. 아사든 뭐든….

이게 방심한 자의 말로일까….

"죽기 싫어…."

패배의 결과로 죽는 건 좋다. 싸움이란 그런 것이니까 납득할 수 있다. 그런 각오도 했다.

하지만 그것은 전력으로 싸웠을 때의 이야기다.

나는 전력을 다하지 않았다. 진짜가 아니었다.

그래, 진짜로 싸운 게 아니었다. 실수했다.

다음에는 실수하지 않는다. 다음에는 대충하지 않는다. 처음부터 끝까지 전력으로 싸운다.

용사답게, 영웅답게, 북신 칼맨의 이름에 어울리게, 모든 싸움에서 사력을 다한다.

그렇게 맹세하자, 신에게 맹세하자, 위대한 할아버지, 북신 칼맨 1세에게 맹세하자.

그러니까, 제발, 누구든, 다시 한번 기회를 주세요.

그렇게 빌면서, 내 의식은 차츰 흐려졌다….

25권 끝

루데우스 24권

변장시

샷건

캐릭터 디자인안
루데우스
최신장비

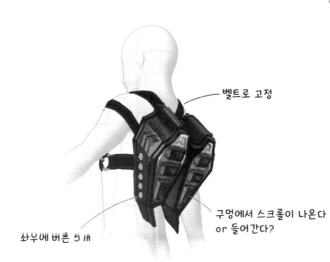

벨트로 고정

구멍에서 스크롤이 나온다
or 들어간다?

좌부에 버튼 5개

스크롤 버니어

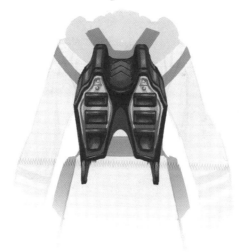

에리스

봉아용검

칼집,
검띠

우명의 검
조금 디자인을 수정했습니다.

칼집

캐릭터 디자인안
에리스

루시

앞모습

뒷모습

실피가
입었던 것과
비슷한 케이프

털실 양말

케이프 없음

캐릭터 디자인안
루시

노른 여행 차림

캐릭터 디자인안
노른

아이샤

메이드복의 디자인을
조금 바꿨습니다.

앞뒤의 머리를
조금 길게

캐릭터 디자인안
아이샤

도가

전투도끼

얼굴

① ②

캐릭터 디자인안
도가

산도르

① 눈 크게

② 눈 작게

봉

투구

캐릭터 디자인인
산도르

알렉

왕룡검

캐릭터 디자인안
알렉

검신

후적

통 모양

칼집

겉옷 없음

캐릭터 디자인
갈 파리온

마르타

캐릭터 디자인안
마르타

검 추가

머리①

머리②

↑투구

무어

캐릭터 디자인안
무어

무직전생 ~ 이세계에 갔으면 최선을 다한다 ~ **25**

2022년 8월 10일 초판 발행
2024년 4월 10일 3쇄 발행

저자	리후진 나 마고노테
일러스트	시로타카
옮긴이	한신남

발행인	정동훈
편집인	여영아
편집 팀장	황정아 김은실
편집	노혜림

발행처	(주)학산문화사
등록	1995년 7월 1일
등록번호	제3-632호
주소	서울특별시 동작구 상도로 282 학산빌딩
편집부	02-828-8838
영업부	02-828-8986

ISBN 979-11-6927-143-1 04830
ISBN 979-11-256-0603-1 (세트)

값 9,000원